莫言 | 主要作品

红高粱家族
天堂蒜薹之歌
十三步
酒国
食草家族
丰乳肥臀
红树林
檀香刑
四十一炮
生死疲劳
蛙

○●○

白狗秋千架（小说集）
爱情故事（小说集）
与大师约会（小说集）
欢乐（小说集）
怀抱鲜花的女人（小说集）
战友重逢（小说集）
师傅越来越幽默（小说集）

○●○

姑奶奶披红绸（剧作集）
我们的荆轲（剧作集）

神 嫖

莫言短篇小说
精品系列

# 神嫖

浙江文艺出版社
Zhejiang Literature & Art Publishing House

# 目录

# 初　　恋

我九岁那年，已是小学三年级学生了。

班里的学生年龄距离拉得很大，最小的是我，最大的是杜风雨，他已是个十六岁的小伙子了。他的个头比我们班主任还要高；他脸上的粉刺比我们班主任脸上的还要多。很自然地，他成了我们班上的小霸王。更由于他家是响当当的赤贫农，上溯三代都是叫花子，他娘经常被学校里请来作诉苦报告，鼻涕一把泪一把地说如何冒着大风雪去讨饭，又如何在风雨之夜把杜风雨生在地主家的磨道里，我们班主任家是富裕中农，腰杆子很软，所以，面对着根红苗正、横眉立目、满脸粉刺的无产阶级后代的胡作非为，连屁都不敢放一个。

　　我们的教室原先是两间村里养羊的厢房，每逢阴雨潮湿天气就发散羊味。厢房北头的三间正房是乡里的电话总机室，有很多电线从窗户里拉出来，拴在电线杆子上，又延伸到不知何处去，看守电话总机的是一个操着外地口音的年轻女人。她的脸很白，身体很胖。那时我并不知道什么是沙发什么是面包，但村里的一个老流氓对我说看电话女人的奶子像面包肚皮像沙发。她有两个女孩，模样极不相似。村里的光棍儿见了她们就说："大平小平，我是你爸。"两个女孩起初很乖地呼光棍儿爸爸，后来不呼了。后来光棍儿再自封为爸爸时，两个女孩便像唱歌一样喊："操你的亲娘！"看电话女人家里出出进进着许多穿戴整齐的乡镇干部，我们在课堂上，听到调笑声从总机房里飞出来。我隐约感到，那里边有很多美好的事情。有一天晚上，我去同学家看小猫，路过总机房，看到窗外站着一个人，走近发现那人是班主任。

　　我不知道为什么总让我们那位年轻的、满脸粉刺的班主任不满意，他经常毫无道理把我揪出教室，让我站在电话总机房外的电线杆下罚站，一站数小时，如果是夏天，必定晒得头昏眼黑，满脸汗水。

　　班里只有两个女生，一个是我叔叔的女儿，另一个姓杜，叫什么名字忘记了。她的双脚都是六个趾头，脚掌宽阔，像小蒲扇一样，我们叫她六指。六指长得不好看，还有偷人铅笔橡皮的小毛病，家庭出身也不算好，在班里很受歧视。我猜想我和六指是最被班主任厌恶的学生了，所以他把我和她安排在一张课桌前，坐在一条板凳上。虽然我和六指个头最矮，班主任却让我们坐在最后一排。

　　与六指同坐一条凳上，我感到十分耻辱，心里的难受劲儿无法形容，而杜风雨这个鳖羔子硬说我跟六指坐一条凳子要成为夫妻了。我当时并不晓得自己长得比六指还要丑，让我与她同坐一凳已是奇耻大辱，再让我与她成夫妻，简直是要了命！我的泪水哗哗地流出来，我哽咽着大骂杜风雨，杜风雨挥起拳头，在我头上擂，就让我一屁股坐在了地上。

　　我坐在地上哭着，没听到上课的铃声敲响，却看到班主任牵着一个头发上别着一只红色塑料蝴蝶形卡子，上身穿一件红方格褂子，下身穿一条红方格裤子的女孩走了过来。

班主任端着一盒彩色粉笔，夹着一根教鞭，牵着女孩的手，径直朝教室走，好像根本没看到我的丑脸也没听到我的嚎哭，可是他身边那个漂亮女孩却很认真地看了我一眼。她的眼睛是那样的美丽，漆黑的眼仁儿，水汪汪的，像新鲜葡萄一样。她看我一眼，我的心里顿时充满说不清楚的滋味，竟忘了哭，痴呆呆地沉醉在她的眼神里。

班主任牵着女孩走进教室。我痴想了一会儿，站起来，用衣袖子擦擦鼻涕眼泪，战战兢兢溜进教室去了。班里同学们都用少有的端正姿态坐着，看着黑板前面的班主任和那个女孩。我悄悄地坐在六指身边。我看到班主任凶恶地剜了我一眼，那个女孩，又用那两只美丽的眼睛，探询似的望了我一下。

班主任说："同学们，这是我们班新来的同学，她的名字叫张若兰。张若兰同学是革命干部子女，身上有许多宝贵的品质，希望大家向她学习。"

我们一齐鼓掌，表示对美丽的张若兰的欢迎。

班主任说："张若兰同学学习好，从现在起，她就是我们班的学习委员了。"

我们又鼓掌。

班主任说："张若兰同学唱歌特别好，我们欢迎她唱支歌吧！"

我们再鼓掌。

张若兰脸不变色，大大方方地唱起来：

"蓝蓝的天上白云飘，白云下面马儿跑……"

哎哟我的个亲娘哟！张若兰，不平凡，歌声比蜜还要甜。你说人家的爹娘是怎么生的她？同学们听呆了。

我们使劲鼓掌。

班主任说："张若兰兼任我们班的文体委员。"

我们刚要鼓掌，杜风雨虎一样站起来，问班主任："你让她当文体委员，我当什么？"

班主任想了想，说："你当劳动委员吧。"

杜风雨噘着嘴刚要坐下，班主任说："你甭坐了，搬到后排去，这个位子让给张若兰。"

杜风雨挟着破书包，嘟嘟哝哝地骂着，穿过教室，坐在最后一排为他特设的一个专座上。

张若兰坐在杜风雨空出来的位子上，与我的堂姐共坐一条板凳。

杜风雨被贬到后排，我心里暗暗高兴，张若兰一来，杜风雨就倒霉，张若兰替我报了仇，张若兰真是个好张若兰。我无限眷恋地看着张若兰，看着她美丽的眼睛像紫葡萄一样，看着她红扑扑的脸蛋像成熟的苹果一样，看着她嘴角的微笑像甘甜的蜂蜜一样，看着她鲜艳的双唇像樱桃一样，看着她洁白的牙齿像贝壳的内里一样，看着她轻快的步伐像矫健的小鹿一样。她临就座前，对着我的堂姐莞尔一笑，我的泪水竟然莫名其妙地盈眶而出。她端正地坐下了，我的目光绕过同学们的脊背，定在张若兰的背上，定在那件红格子上衣的红格里。这一课，班主任讲了什么？我不知道。

由于来了张若兰，黑暗枯燥的学校生活突然变得绿草茵茵鲜花开放。在张若兰来之前，我烦死了怕死了恨死了学校，我多次央求爹娘：别让我上学了，让我在家放牧牛羊吧。自从来了张若兰，我最怕星期六，星期六下午，我心中的太阳张若兰就背着她的皮革书包，穿着她的花格子衣服，顶着她的蝴蝶卡子，蹦蹦跳跳地过了河上的小石桥，到她在乡政府大院中的家里去，使我无法看到她。

　　每到星期天，我就像丢了魂一样，不想吃饭也不想喝水。家里不让我放羊我也要去放羊。我牵着羊，过了河，在乡政府大院前来回逡巡。乡政府门前空地上那几蓬老枯的野草早就被那两只绵羊啃得光秃秃了，羊儿饿得"咩咩"叫，但我不满足它们想到青草丰茂的荒地里去吃草的愿望。我把它们拴在乡政府门前的树上，让它们啃树皮。我呢？我坐在树边的空地上，眼巴巴地望着乡政府的大门口，看着出出进进的人，盼望着张若兰能突然出现在我的面前。我一遍又一遍地鼓励自己：等一会儿，等一会儿，再等一会儿……

　　我的秘密终于被祖父从两只绵羊干瘪的肚子上发现了，但家里人对我为什么到乡政府大门前去放羊的心理动机并不清楚。一顿打骂之后，我逃到大门外哭泣。我的堂姐拿着个热地瓜来找我。她把地瓜递给我，说："我知道你为什么要到那里去放羊，我愿意为你保守秘密，但你必须把那本《封神榜》借给我看一个星期。"

　　我有一本用两个大爆竹从邻村的孩子手里换来的连环画《封神榜》，纸是土黄色的，开本比当时流行的连环画要大，上边画着能从鼻孔里射出金光夺人魂魄的郑伦，眼里生手手上生眼的杨任，骑虎道人申公豹，会土遁的土行孙，生着两只大翅膀的雷震子，还有抽龙筋揭龙鳞的哪吒……大个子杜风雨用拳头威逼我我都没有给他看，但我把这本藏在墙洞里的宝书毫不犹豫地借给了我堂姐。

张若兰来了一个月左右，班里出了一件大事。班主任在课堂上严肃地说："同学们，有人偷食了电话总机家悬挂在屋檐下晾晒的一串干地瓜，最好自己交待，等到被别人揭发出来就不光彩了。"

我感到班主任意味深长地看了我一眼，心里顿时发了虚，虽然我没偷干地瓜，但竟像就是我偷了干地瓜一样。我的屁股拧来拧去，拧得板凳腿响，拧得六指不耐烦了，她大声说："你屁股上长尖儿吗？拧什么拧？"

她的话把老师和同学的目光全招引到了我身上，他们一齐盯着我，好像我确凿就是那个偷地瓜的贼。我鼻子一酸，呜呜地哭起来了。这时，奸贼杜风雨大声喊："地瓜就是他偷的，昨天我亲眼看到他蹲在厕所里吃干地瓜，我跟他要，他死活不给我。"

　　我想辩解，但嗓子眼像被什么堵死了一样，一个字也说不出来。班主任走过来，无限厌恶、极端蔑视地看着我，冷峻地说："看你那个死熊样子！给我滚出去哭！"

　　狗腿子杜风雨遵照班主任的指示，凶狠地揪着我的头发，把我拖到总机窗外的电线杆下，并且大声对着机房里吼："偷你家干地瓜吃的小偷抓住了，快出来看看吧！"

　　头上戴着耳机子的那个白胖女人从高高的窗户上探出头来，看了我一眼，操着一口悠长的外县口音说："这么点儿个孩伢子就学着偷，长大了笃定是个土匪！"

　　我屈辱地站在电线杆下，让骄阳曝晒着我的头。电话总机家那两个小女孩跑出来，从墙角上捡了一些小砖头，笨拙地投我，一边投一边喊："小偷，小偷，癞皮狗，钻阴沟。"

　　我自觉着马上就要哭死了的时候，眼前红光一闪，张若兰来了。

　　我的头死劲儿地垂下去。

　　张若兰用她洁净的神仙手扯扯我的衣角，用她的响铃喉对我说："大哭瓜，哭够了没有？我知道干地瓜不是你偷的。"

张若兰把我领回教室，从书包里摸出一块干地瓜，举起手来，说："报告老师，这是个冤案，干地瓜是杜风雨偷的。"

所有的目光都从张若兰手上转移到杜风雨脸上。杜风雨大吼："你造谣！"

张若兰说："这块干地瓜是杜风雨硬送给我的，谁稀罕！他的书包里还有好多干地瓜，不信就翻翻看！"

没人敢翻杜风雨。张若兰跑过去，抢了他的书包，提着角一抖搂，稀里哗啦，全出来了。干地瓜，王胜丢了的圆珠笔，李立福丢了的橡皮，王大才丢了的玻璃万花筒……都从他的书包里掉出来了。原来杜风雨是真正的贼，而我们一直认为这些东西是被六指偷走了。

六指跳起来，骂道："我操你亲娘杜风雨，你姓杜，我也姓杜，论辈分我是你姑姑，你黑了心害我，我跟你拼了吧！"

班主任让杜风雨站起来。杜风雨站起来，歪着头，用脏指甲抠墙皮。

班主任底气不足地问："是你偷的吗？"

杜风雨双眼向上，望着屋顶，鼻子里喷出一股表示轻蔑的气。

班主任说："给我出去。"

杜风雨说："出去就出去！"

他把那几本烂狗皮一样的破书往书包里一塞，提着班主任的名字骂道："操你个妈，有朝一日我掌了权，非宰了你这个富裕中农不可！"

杜风雨掀翻了那张破桌子，气昂昂地走了。

班主任脸色焦黄，弯着腰站在讲台上，嘴唇直哆嗦。好半天，他直起腰，说："下课。"紧接着这句话的尾巴他咳了几声，脸上像涂了金粉一样，黄灿灿的，一张嘴，一口鲜血喷出来。

张若兰帮我洗清了冤枉，我对她的感激简直没法说。本来我就像痴了一样迷恋着她，再加上这一重水深火热的恩情，我便是火上浇油、锦上添花、痴上加痴。去乡政府大门外放羊是再也不敢了，更没闯进乡政府大院去找她的胆量。我只能利用每周在校的那短暂得如电一般的五天半时间，多多地注视她，连走到面前，同她说句话的勇气都没有。

　　有一天，家里来了一位亲戚，送给我们四个苹果。亲戚走了，那四个苹果摆在桌子上，红红的，宛若张若兰的脸蛋儿，散发着浓烈的香气。我不错眼珠地盯着它们。祖母撇撇嘴，拿走了两个苹果，对我母亲和我婶婶说："每人拿一个回去，分给孩子们吃了吧。"

　　母亲把那个鲜红的苹果拿回我们屋里，找了一把菜刀，准备把苹果切开，让我兄弟姐妹分而食之。一股很大的勇气促使我握住了母亲的手腕。我结结巴巴地请求道："娘……能不能不切……"

　　母亲看着我，说："这是个稀罕物儿，切开，让你哥哥姐姐都尝尝。"

　　我羞涩地说："并不是我要吃……我要……"

　　娘叹了一口气，说："你不吃，要它干什么？馋儿啊！"

　　我鼓足勇气，说："娘……我有一个同学叫张若兰……"

　　娘警惕地问："是男生还是女生？"

　　我说："女生。"

娘问："你要把苹果给她？"

我点点头。

母亲再没问什么，把菜刀放在一边，用衣襟把那红苹果擦了擦，郑重地递给我，说："藏到你的书包里去吧。"

这一夜我无法安眠。

天刚亮，我就爬起来，背上书包，蹿出了家门。母亲在背后喊我，我没有回答。我用一只手紧紧地按着书包里的苹果，在朦胧着晨雾的胡同里飞跑，我钻过一道爬满了豆角和牵牛花的篱笆，爬上了高高的河堤，逆着清凉河水的流向，跑到了那座黑瘦小石桥的桥头上。

我手扶着桥头上那根冰凉的石柱子，开始了甜蜜的等待，几个早起担水的男人从我身边擦过去，我感受到了他们身上热烘烘的气息。他们都用疑惑的目光看着我，看着一个头发蓬乱、衣衫褴褛、满脸污垢的小男孩。

太阳出来了，照耀得满河通红。担水的男人站在桥中央，劈开腿，弯着腰，把盛满了清清河水的水桶从下面提上来，那么多的亮晶晶的水珠儿从水桶的边缘上无

声无息地落到河里去了。一条皮毛油滑的黑狗在河堤上
懒洋洋地走着，一只公鸡站在一个草垛顶上发呆，一缕
缕乳白色的炊烟从各家的烟囱里笔直地升起，这就是清
晨风景。我来得太早了，但我不后悔，我知道每熬过一
分钟就离那个整夜在我脑海里盘旋的情景近一分钟。如
果她穿着红衣服出现在小桥的那头，我就从小桥的这头
跑过去，与她相逢在桥中央。当她惊讶地看着我时，我
就双手捧着红苹果送到她面前，我要说：亲爱的张若兰
同学，谢谢你在我最困难的时候帮助了我。我把苹果放
在她手里，转身跑走，迎着朝阳，唱着歌子，像欢快的
小鸟一样。

张若兰终于出现在小石桥的那头，她没穿那套给我
留下深刻印象的红衣服，她穿着一套泛白的蓝衣服，一
个高大的男人，一边走一边抚摸着她的头发。勇气顿时
消失，我像小偷一样从石柱子旁边跳开，钻到桥头附近
的灌木丛中去，生怕被张若兰发现。我听到张若兰说：
"爸爸，你回去吧，那个杜风雨被你教训后，再也不敢
找我的麻烦了。"

我看到张若兰的爸爸对着张若兰招招手，转身走

了。我听到张若兰哼着小曲儿，从我的身边走过去了。我用一只手捂着书包里的苹果，弯着腰，在灌木丛中飞一样地穿行着，我一定要拦住张若兰，把苹果递到她手中。

我从学校附近的一垛柴草后边跳出来，气喘吁吁地挡住了张若兰。张若兰"啊"了一声，定定神，厉声喝道："金斗，你想干什么？"

我的心怦怦地跳着，想把那几句背诵了数百遍的话说给她听，但是我张不开嘴。我想把那只鲜红的苹果从书包里摸出来给她，但是我动不了手。

张若兰对着我的铺在地上的长长的影子啐了一口唾沫，然后昂头挺胸，从我的身边高傲地走过去了。

（一九八九年）

# 奇　　遇

　　一九八二年秋天，我从保定府回高密东北乡探亲。因为火车晚点，车抵高密站时，已是晚上九点多钟。通乡镇的汽车每天只开一班，要到早晨六点。举头看天，见半块月亮高悬，天晴气爽，我便决定不在县城住宿，乘着明月早还家，一可早见父母，二可呼吸些田野里的新鲜空气。

　　这次探家我只提一个小包，所以走得很快。穿过铁路桥洞后，我没走柏油路，因为柏油公路拐直角，要远好多。我斜刺里走上那条废弃数年的斜插到高密东北乡去的土路。土路因为近年来有些地方被挖断了，行人稀少，所以路面上杂草丛生，只是在路中心还有一线被人踩过的痕迹。路两边全是庄稼地，有高粱地、玉米地、红薯地等，月光照在庄稼的枝叶上，闪烁着微弱的银光。几乎没有风，所有的叶子都纹丝不动，草蝈蝈的叫声从庄稼地里传来，非常响亮，好像这叫声渗进了我的肉里、骨头里。蝈蝈的叫声使月夜显得特别沉寂。

路越往前延伸庄稼越茂密，县城的灯光早就看不见了。县城离高密东北乡有四十多里路呢。除了蝈蝈的叫声之外，庄稼地里偶尔也有鸟或什么小动物的叫声。我忽然感觉到脖颈后有些凉森森的，听到自己的脚步声特别响亮与沉重起来。我有些后悔不该单身走夜路，与此同时，我感觉到路两边的庄稼地里有无数秘密，有无数只眼睛在监视着我，并且感觉到背后有什么东西尾随着我，月光也突然朦胧起来。我的脚步不知不觉地加快了。越走得快越感到背后不安全。终于，我下意识地回过头去。

我的身后当然什么也没有。

继续往前走吧，一边走一边骂自己：你是解放军军官吗？你是共产党员吗？你是马列主义教员吗？你是，你是一个唯物主义者，而彻底的唯物主义者是无所畏惧的，共产党员死都不怕还怕什么？有鬼吗？有邪吗？没有！有野兽吗？没有！世界本无事，庸人自扰之……但依然浑身紧张、牙齿打战，儿时在家乡时听说过的鬼故事"连篇累牍"地涌进脑海：一个人走在路上，突然听到前边有货郎挑子的嘎吱声，细细一看，只见到两个货挑子和两条腿在移动，上身没有……一个人走夜路碰到一个人对他嘿嘿一笑，仔细一看，是个女人，这女人脸上只有一张红嘴，除了嘴之外什么都没有，这是"光面"鬼……一个人走夜路忽然看到一个白胡子老头在吃草……

我后来才知道我的冷汗一直流着，把衣服都溻湿了。

我高声唱起歌来："向前向前向前——杀——"

自然是一路无事。临近村头时，天已黎明，红日将出未出时，东边天上一片红晕，村里的雄鸡喔喔地叫着，一派安宁景象。回头望来路，庄稼是庄稼道路是道路，想起这一路的惊惧，感到自己十分愚蠢可笑。

正欲进村，见树影里闪出一个老人来，定睛一看，是我的邻居赵三大爷。他穿得齐齐整整，离我三五步处站住了。

我忙问："三大爷，起这么早！"

他说："早起进城，知道你回来了，在这里等你。"

我跟他说了几句家常话，递给他一支带过滤嘴的香烟。

点着了烟，他说："老三，我还欠你爹五元钱，我的钱不能用，你把这个烟袋嘴捎给他吧，就算我还了他钱。"

我说："三大爷，何必呢？"

他说："你快回家去吧，爹娘都盼着你呢！"

我接过三大爷递过来的冰冷的玛瑙烟袋嘴，匆匆跟他道别，便急忙进了村。

回家后，爹娘盯着我问长问短，说我不该一人走夜路，万一出点什么事就了不得了。我打着哈哈说："我一心想碰到鬼，可是鬼不敢来见我。"

母亲说："小孩子家嘴不要狂！"

父亲抽烟时，我从兜里摸出那玛瑙烟袋嘴，说："爹，才刚在村口我碰到赵三大爷，他说欠你五元钱，让我把这个烟袋嘴捎给你抵债。"

父亲惊讶地问："你说谁？"

我说："赵家三大爷呀！"

父亲说："你看花了眼了吧？"

我说："绝对没有，我跟他说了一会儿话，还敬了他一支烟，还有这个烟袋嘴呢！"

我把烟袋嘴递给父亲，父亲竟犹豫着不敢接。

母亲说："赵家三大爷大前天早晨就死了！"

（一九八九年）

# 辫　　子

　　胡洪波坐在同心湖南岸那片槐树林子里，膝盖上摆着一条一米多长的乌黑大辫子，满脸苦相，一支接一支地抽烟。刚刚下过大雨，槐树林子里到处都是水，他坐在那件发给干部们穿着下乡指挥防汛的军用双面塑胶雨衣上，还是感觉到潮气透上来，搞得双股很不舒服。

　　这是个星期六的傍晚，暴雨刚过，玫瑰色的天空上飘着一些杏黄色的云，倒映在清澈的湖水里。湖对面那几十栋红瓦顶二层小楼被青天绿水映衬着，显得很美丽。在紧临着湖边的那栋楼一层里，有一个六十平方米的单元，那就是宣传部副部长胡洪波的家。

　　胡洪波三十出头年纪，大专文化程度，笔头上功夫不错，人长得清瘦精干。有相当一部分姑娘喜欢嫁给胡洪波这种类型的男人，而一般地说，嫁给这种男人也总是能过上比较平静、温暖、有几分艺术气息的生活。这样的男人在机关里蹲上个十年八年的，一般总是能熬成一个不大不小的官儿。这样的家庭多数会生一个漂漂亮亮的女孩，这女孩一般总是很聪明，嘴巴很甜，头上扎着红绸子。这女孩如果不会拨弄几下电子琴，就会画几张有模有样的画儿或是会跳几个还挺复杂的舞蹈。最低能的也能背几首唐诗给客人听，博几声喝彩。这样的家庭里的主妇一般都还不难看，都很热情，很清洁，很礼貌，让人感到很舒服。这样的女人多数都会炒几个拿手菜，端到席上向客人夸耀。这样的女人多数都能喝一两左右的白酒，在家宴将散时，必定腰系着白围裙上席来，以主妇和主厨的双重身份，向客人们敬酒，这样的敬酒绝大多数的客人都不好意思拒绝。这样的女人是湖边那十几栋楼里的灵魂。总之，这样的女人、这样的孩子、这样的男人，住在一个单元里，就分泌出一种东西。这东西叫做：幸福。

　　胡洪波原来是生活在幸福之中的。那时候他的妻子郭月英在新华书店儿童读物部卖连环画，虽然是生过孩子数年了的人，可还留着那条做姑娘时就蓄起来的大辫子。那条大辫子有一米多长，一把粗细，乌黑发亮，成为郭月英身上最引人注目的特征。县城的人都知道新华书店有个卖小人书的"郭大辫"。机关里的人都知道"郭大辫"是宣传部报道组"胡大主笔"的老婆。说实话郭月英的脸很一般，瘦瘦的，长长的，甚至有几分尖嘴猴腮，但郭月英的大辫子实在是全城第一份的漂亮。当初谈恋爱，每当胡洪波对郭月英的脸蛋儿表现出不满时，郭月英就从腰后拖过大辫子缠在他的脖子上。三缠两缠，胡洪波就被缠住了。

　　郭月英生下一个取名"娇娇"的女孩后，家务活儿增加了许多，梳大辫子浪费时间，胡洪波劝她剪成短发。她瞪着眼，红着脸说："你想逃跑？"

　　胡洪波立即想起新婚之夜的情景：郭月英伏在他的身上，用辫子缠着他的脖子，咬着他的耳朵说："只要我的辫子在，你就别想跑！"

　　胡洪波指指娇娇，说："有娇娇拴着我，你剃成秃瓢儿，我也跑不了。"

郭月英披散着头发，眼睛夹着泪，嘴里不停地嘟哝着。胡洪波正被一篇稿子弄得心烦，见郭月英纠缠不清，便火起来，拍了一巴掌写字台上的玻璃，吼了一句："神经病！"

郭月英"哇"地哭了一声，哭声很大，吓得胡洪波不由自主地从写字台边蹦起来，他倒不是怕郭月英哭坏了嗓子，而是怕郭月英的哭声邻居听到，那时胡洪波还是个干事，楼上住着宣传部的马副部长，一个让胡洪波感到极不舒服的顶头上司。他急忙跑上去，拍着郭月英的肩膀赔不是。郭月英又是"哇"地一声，吓得胡洪波伸手去捂她的嘴。胡洪波一松手，她又是"哇"地一声，好像她的嘴巴是个漏水的管子，就这样一捂就停，一松就"哇"，一会儿工夫，胡洪波就汗水淋漓了。娇娇也被惊醒了，手舞足蹈地哭。胡洪波急中生智，跑到厨房里，选了一个小茄子，堵住郭月英大张着的嘴巴。此招十分有效，但情景十分可怕，郭月英仰着脸，瞪着眼，嘴里塞着茄子，把那张瘦脸拉得更加狭长，像一只鹿的脸或是狗的脸。胡洪波也像大多数男人一样，结婚后就对妻子的脸视而不见，甚至忘记她的脸的样子，只

有一团模模糊糊的感觉在下意识里潜藏着。他好不容易
哄睡了娇娇，又一次认真地打量着郭月英的脸，他突然
发现，郭月英其实是个相当丑陋的女人，她的呆呆的
眼、稀疏的眉毛、狭窄的额头、弯曲的鼻梁、尖尖的下
巴，都让他感到厌恶。他伸出手，想把茄子从她的嘴巴
里拔出来，又怕她又"哇"个不停；不拔出茄子，难道
让她永远叼着？他猛然意识到情形有些蹊跷，郭月英怎
么这么老实？他轻轻捏着茄子把儿，想把茄子拽出来，
但没拽出来；他手上使了劲，再拽，还是没拽出来。他
有些着急，左手攥住郭月英的下巴，右手捏住茄子把，
用力往外一拔，只听得一声响亮，茄子出来了，郭月英
却倒了。胡洪波慌忙把她抱在床上，摸摸心脏，还跳，
试试鼻孔，还喘气，知道没死，心中顿时轻松了许多。
再看郭月英，嘴大张着不合，好像还叼着茄子一样，胡
洪波少时学过一点按摩正骨，便揉着郭月英的脸，往上
托下巴，竟然把那张嘴合住了。嘴合了眼也闭了，并从
鼻孔里喷出一些鼾声。谢天谢地！胡洪波祷告一声，一
腚坐在椅子上，浑身臭汗，骨头酸痛，好像从篮球场上
下来。

第二天早晨，胡洪波表现极好，一大早就去取回了奶，煮好，喂饱娇娇，然后又煮面条，煎鸡蛋，侍候郭月英吃饭。郭月英的脸像木头一样，没有半点表情。胡洪波相信时间是治疗一切痛苦的良药，女人脸像木头时，最好暂时躲开，于是他推出自行车，把娇娇送去幼儿园，自己跑到办公室里打开水，擦地板，抹桌子，好像要用劳动洗刷罪责一样。胡洪波此刻还不知道，那种叫做"幸福"的东西，已经离他而去。后来他曾想到，所谓的"幸福"，就像燕子一样，数量是有限的，它在这家檐下筑了巢，就不会再到别家去垒窝。所以要想得到幸福，首先要盖一栋适合燕筑巢的房子。

胡洪波忙完了，在办公桌前坐下来，刚点烟吸了一口，马副部长来了。胡洪波慌忙站起来，低垂着脑袋向马副部长问好。马副部长很严肃地问："小胡，昨晚上跟小郭闹矛盾了？"

胡洪波红着脸说："吵了两句嘴，主要是我不好。"马副部长语重心长地说："小胡啊，现在，资产阶级自由化泛滥，使许多丈夫不喜欢妻子，我们身为县委干部，一定要注意影响啊！"

胡洪波感到浑身发冷，心情紧张，好像自己就是一个被资产阶级自由化泛滥了的丈夫一样。他连声说："是，是，是，我一定注意。"

正在这时，电话铃响了。胡洪波起身去接，马副部长却就近操起了话筒，拖着长腔："喂，找谁？是宣传部，找谁？胡洪波？你贵姓？噢，是小郭，小胡欺负你了？我正在训他呢！"

马副部长把话筒递给胡洪波，脸上堆着令胡洪波感到恐惧的微笑。他战战兢兢接过话筒，刚喂了一声，就听到郭月英在那边咬牙切齿地说："只要我的辫子在，你就别想跑！"胡洪波刚要说点什么，郭月英就把电话挂了。

胡洪波满面羞愧，窘得连从电话机走回办公桌这几步路都不会走了。郭月英的声音很大，那句像咒语一样的话屋里的人都听得清清楚楚。马副部长笑着说："小郭又要施展'神鞭'的绝技了。"满屋里的人都笑起来，他们都听说过"郭大辫子"缠住"胡大主笔"的趣闻。

胡洪波红着脸说："玩笑话……一句玩笑话……"

嘴里这么说着，但他的心里却产生了对郭月英的强烈不满。即使我有天大的不是，你也不该把电话打到办公室里来丢我的面子！整整一个上午，他都在发着狠，虚构着各种各样的教训郭月英的情景，五彩缤纷的妙语像潮水一样滚滚而来。

中午下班后，怀着满腔怒火他骑车回了家。支好车，一脚踹开虚掩着的门，想给郭月英一个下马威。他迎面碰上了郭月英呆呆的目光。他看到她光着背，赤着脚，双手攥着大辫子，半张着嘴，下巴耷拉着，怒冲冲地说："只要我的辫子在，你就别想跑！"胡洪波愤怒地吼着："郭月英，你不要得理不饶人！我让你剪辫子，也不过是随口说的一句话，没有半点别的意思，愿意剪你就剪，不愿剪你就留着。退一步说，这话就算我说错了，伤了你的心，但我已向你赔了礼，道了歉，投了降，告了饶，好汉不打告饶的。你这样闹，就是胡搅蛮缠，存心不想跟我正经过日子了！"

他怒冲冲说完，自己都感到义正辞严、通情达理。他准备着郭月英撒撒娇，耍耍赖，用辫子抽他。然后抱她上床，亲两口咬两嘴，就重归于好了。但郭月英对他的那番话毫无反应，依然是攥着大辫瞪着眼，怒冲冲地说：

"只要我的辫子在，你就别想跑！"

胡洪波这才感觉到情况复杂，他仔细观察郭月英，见她目光呆滞，反应迟钝，已经是一个标准的精神病人了。但他还不愿承认事实，大声说："月英，娇娇来了！"

他发现她连眼珠都没动一下，却咬着牙根，重复了一遍那句惊心动魄的话：

"只要我的辫子在，你就别想跑！"

往后的日子就乱七八糟了。胡洪波首先找到马副部长汇报情况，把事情的前后经过毫无隐瞒地说了一遍，他说着说着就流下了眼泪，但他分明看出马副部长的眼睛里藏着许多问号。他捶胸顿足地发誓说如有半句谎言天打五雷轰，马副部长却冷冰冰地说：你即使说的全是假话天也不会打你五雷也不会轰你，我们共产党员不搞赌咒发誓这一套。胡洪波说：我用党性保证我没说假话。马副部长说：先送小郭去医院治病，其余的事组织会调查清楚。

后来他就把郭月英送进精神病医院，医院又让他述说郭月英的发病经过，他又如实说了一遍。医生们都说：就为这么点事就得了神经病？言外之意还是说胡洪波隐瞒了重要内容。胡洪波又是赌咒发誓，用党性、人性，用女儿娇娇的名义保证他一句谎话也没说，但他发现医生们的脸就像木头一样，于是他再也不解释什么，把希望寄托在郭月英身上，他真心希望她能恢复理智，好为他洗刷清白。他把女儿送回老家让爹娘给养着，自己白天上班，晚上去精神病院陪郭月英。半年过去，胡洪波累弓了腰，愁白了头，可郭月英的病没有任何进展，饭送到嘴里，吃；水端到唇边，喝；也不哭，也不闹，也不跑，也不跳，惟一的毛病就是，只要见了胡洪波，就攥着大辫子念咒语："只要我的辫子在，你就别想跑！"

后来，连精神病院的医生听了这句话也忍不住笑起来，都说胡干事你算是没法子逃脱了，拴在郭月英辫梢上算啦。

精神病院在半年内使尽了全部招数，郭月英的病不好也不坏，但医疗费海了去了。连年亏损的新华书店领导找县委宣传部哭穷说郭月英再住下去职工们意见就大发了，于是马副部长亲自去精神病院了解情况，医院说住着也是白住着，于是在一个晴朗的秋日下午，胡洪波借了一辆三轮车把郭月英拉回了家。郭月英的娘是个退休的小学教师，胡洪波把她请来照顾她女儿。

　　不久，马副部长得急症死了，宣传部空出了一个副部长的缺，很多人都暗地里活动，想补这个缺。组织部那位女部长却拍板让胡洪波当了副部长。她的理由是：小胡有文凭，有能力，作风正派，难得的是心眼好，侍候郭月英半年，连句怨言都没有，比儿子还孝顺，这样的青年干部不提拔，提拔什么样的？

　　胡洪波当了副部长，坐在了马副部长的办公桌上，苦闷略有减缓，但只要一进家门，一听到郭月英那句诅咒，他就感到，家里有个神经病老婆，即使当了市委宣传部的副部长，也没有什么意思了。

　　有一段时间内，他曾生出过离婚的念头，但听人说与精神病人离婚相当麻烦，他既怕麻烦，又怕舆论，何况郭月英大辫还在，何况他这个副部长正是因为侍候郭

大辫才得到呢。于是，叹了一口长气，算了，低着头，
把日子一天天混下来。

　　胡洪波当副部长半年，就到了一九九〇年年底。县
广播电视局召开表彰先进大会，请他去参加。他去了，
讲了话，鼓了掌，然后就给先进工作者发奖状。他的老
朋友、广播电视局局长万年青宣读受奖者名单。老万念
一个人名，就上来一个，胡洪波双手把镶在玻璃镜框里
的奖状递给这个人，这人自然是用双手恭恭敬敬接了，
然后两人都腾出右手，握一握，让人照几张相。然后受
奖者就抱着镜框到台下去了。

　　这些上台来领奖的人，有胡洪波熟识的，也有胡洪
波不熟识的，不管熟识还是不熟识的，他都报以微笑。
他的老朋友万年青念了一个名字：余甜甜。他接过旁边
的人递过来的镜框，低头看到了奖状上用毛笔写着的
"余甜甜"三个大字，抬头看到余甜甜昂头挺胸走上台
来。他立即认出了她是县电视台女播音员。他觉得她比
在屏幕上的形象更有魅力。余甜甜这样的女人自然不会
羞涩，她落落大方地走到胡洪波的面前，莞尔一笑，接

镜框，握手。他感到她的手潮乎乎的，很小，像想象中的小母兽的爪子。照相的弯着腰照，一副格外卖力的样子。余甜甜抱着镜框转身下台时，把脑后一根大辫子甩了起来，"嗖溜"一声，仿佛有一条鞭子抽在胡洪波的脸上。他感到心中充满复杂的感觉，像惊惧不是惊惧，像幸福不是幸福，像紧张不是紧张。他感到脑袋晕乎乎的，有点醉酒的味道。万年青轻轻地踢了一下他的脚，低声道："老伙计，小心！"

　　会后，万年青在金桥宾馆请客，余甜甜作陪，胡洪波不知不觉就把脑袋喝晕了。他感到自己想哭又想笑，心中有一种情绪，叫做"淡淡的忧伤"，万年青提议让他唱歌，他很爽快地答应了。他嗓子不错，在县剧团混过。他站起来，想了想，唱了一支民歌：在那遥远的地方，有一个好姑娘……她那美丽的笑脸，好像红月亮……我愿做只小羊，跟在她身旁……唱到愿让那姑娘用鞭梢轻轻抽打脊梁时，他感到有两滴凉凉的泪珠在腮上滚动……他不敢抬头看余甜甜，他听到万年青问："伙计，用鞭梢还是用辫梢？"

　　他问："你说什么？"

万年青笑着说："抽打脊梁呀。"

陪席的人都笑起来，胡洪波也跟着笑了。他心里很温暖，感到人与人之间的关系十分美好。

万年青说："行了，胡副部长累了，大家散了吧？"

他站起来，觉得腿像踩在云雾里。万年青吩咐道："小余，找服务员给胡副部长开个房间休息。"

万年青搀着他的胳膊走出客厅，走到铺了红色化纤地毯的走廊里。他看到余甜甜在前边小跑，脑后那根大辫子像一根鞭子甩打着……

万年青把嘴贴在他耳朵上说：

"伙计，想换条大辫子吗？"

醒酒之后，他感到自己很荒唐，生怕招来流言蜚语。过了几天，没有什么动静，他放了心。

有一天傍晚，他骑着自行车路过这里，有一个女人从槐树林冲出来。他手闸脚闸并用，自行车前轮还是撞在那女人小腿上。他没有发火，因为那女人是余甜甜。他怔怔地望着脸涨得通红的余甜甜，一时竟不知该说什么。后来他醒过神来，不自然地问："撞坏了没有？"

余甜甜没回答他的问题，却把脑袋一晃，将那条大辫子甩到胸前，双手攥着，咬牙切齿地说："只要我的辫子在，你就别想跑！"

胡洪波只觉得耳朵里一阵轰鸣，眼前一片漆黑。等他恢复了视力时，余甜甜已经没了踪影。

他怀疑自己在做梦。

晚上，他打开电视机，看着余甜甜一本正经地播报着新闻，心中渐渐升腾起怒火，他认为这个女人在奚落自己。转念一想又觉得不像。

第二天傍晚，骑车路过槐树林时，他虽没放慢速度却提高了警惕，余甜甜跑出树林时，他已跳下了车子。

他没等她开言，就冷冷地说："余小姐，不要拿别人的痛苦取乐！"

她愣了一会儿，突然大声呜咽起来。吓得胡洪波四处看看，低声下气地劝："别哭，别哭，让人看见会怎么想呢？"

她说："爱怎么想就怎么想，我不怕！反正我爱你，我决不放掉你！"说完了又哭，哭着一晃脑袋，甩过大辫子来，双手攥着，没等她念那句由郭月英发明的咒语，他就失去了控制地叫起来："够了，够了，姑奶奶，饶我一条小命吧！我已经被大辫子女人吓破了苦胆！"

第三天傍晚，暴雨刚过，还是在槐树林边，浑身透湿的余甜甜冲出来拦住胡洪波，从腰里摸出一把大剪刀，伸到脑后"咔嚓咔嚓"几下子，将那根水淋淋的大辫子齐根铰下来，扔到他的怀里。她说："我不是大辫子女人了。"她的头去掉了沉重的辫子后，显得轻飘飘的，很不自然的样子。她抚摸着脖子，眼里滚出了眼泪。雨后的斜阳照耀着她生气蓬勃的年轻脸庞，显出巨大的魅力来。胡洪波不得不承认余甜甜是个十分美丽的姑娘，郭月英差了她十八个档次。

他双手捧着余甜甜的大辫子，看着她那水淋淋的丰硕身体，浑身像筛糠一样打着哆嗦说："甜甜，你到底要干什么？"

"我已经属于你了，你让我干什么我就干什么！"余甜甜说着，一步步逼上来。

"瞎说，你怎么会属于我呢？"他着急地辩解着，胆怯地后退着。

"我把辫子都铰给你了，怎么不属于你？"余甜甜拔高嗓门哭叫着。

......

暮色浓重了，湖上升腾起白色的烟雾。他把余甜甜的辫子塞进怀里，推着自行车，昏头涨脑地走进家门。郭月英对着他念那句咒语："只要我的辫子在，你就别想跑！"

他突然感到余甜甜的辫子在自己怀里快速地颤抖起来，一股浓烈的发香扑进了鼻腔，余甜甜美丽的一切都在对照着面如死鬼的郭月英。他感到一股怒火在心中燃烧，一句脏话脱口冲出。他从怀里抽出余甜甜的大辫子，对准郭月英的脸，狠狠地抽了一下子。随着一声脆响，郭月英倒在地上。他的岳母闻声从厨房里赶出来，大声叫嚷着："他姐夫，你要干什么？"

"辫子，辫子，该死的辫子！"他红着眼叫嚷着。

"啊呀，你把我闺女的辫子铰掉了，你这个黑了心的畜生！"

他一辫子把岳母抽了一个趔趄，大声吼着："是，我要铰掉你闺女的辫子！"

他翻箱倒柜地找剪刀，没找到。他冲进厨房，操起一把菜刀，跳过来，一辫子把爬过来保护闺女发辫的岳母打到一边去，然后，把余甜甜的辫子绕在脖子上，腾出左手，拉过一只小板凳。

胡洪波右脚踩住郭月英瘦长的头颅，左脚支撑着身体，左手扯着郭月英的辫子——脖子上挂着余甜甜的辫子——右手高举起菜刀，嘴里骂一声："狗娘养的！"骂声出，菜刀落，"嚓"的一声，郭月英的辫子齐齐地断了。

胡洪波坐在地上，大口地喘着粗气。

郭月英爬起来，哭着说："你这狠心的，铰辫子就铰辫子，下这样的狠劲儿干什么？"

（一九九一年）

# 金　　鲤 *

月亮升起来了，青草湖变成了一面银光闪闪的大镜子。不时有鱼儿跃出水面，划出一道银色的线，鱼儿落水时，震破了银色的镜子，荡漾开一圈圈波纹。

湖边的一株老柳树下，爷爷和孙子静静地坐着。爷爷抽着旱烟，烟锅里火星一明一暗，模模糊糊地映着他那张慈祥的脸。

"爷爷，该起网了。"

"噢，起。"

爷爷站起来，解开拴在铁橛上的罾网拉缰。网的式

---

* 本篇作品最初发表时曾用题目为《金翅鲤鱼》。——编者注

样像一架起重机，一支长竹竿伸出去，竹竿梢头挂着大
网兜。网很重，老渔翁拉得很慢，沉在水下的网慢慢升
高，突然扑扑棱棱地响起水声。

"爷爷，有大鱼！"

爷爷将网儿拉出水面，月光照着渔网，网里躺着一
条泛着金色光泽的鲤鱼。他将网转向岸边。小孙子雀跃
着将鲤鱼抱起来，放在装了水的桶里。鱼在桶里蹦了几
下，便没了声息。爷爷又把网下到水里，转过头来看桶
里的鱼。

"爷爷，这鱼有六七斤重吧？"

"差不离儿。"

"是条什么鱼，爷爷？"

爷爷嚓一声划着火柴。火光照亮了水桶，桶里是一
条金色鲤鱼，翅膀和尾巴像经霜的枫叶一样鲜红。

"金翅鲤鱼。"爷爷说。

"这鱼好吃吗？"孙子问。

"嗯。"爷爷心不在焉地答应着。

"爷爷，您不高兴？捕了这样一条好鱼。"

"怪事。这鱼怎么这样老实呢？"

"您说什么呀，爷爷？"

"噢，孩子，这鱼太厚道了，网出水时，只要它一跳，就把网给撕了。咱这罾网，只能拿小鱼儿。"

"这鱼大概睡着了。"

爷爷沉思起来，烟锅子一明一暗地闪烁。周围忽然变得十分沉静，湖面上升腾着薄雾，几支粉荷花像画在水上似的，岸边的水草丛中，小虫子低低地鸣叫。

"爷爷，您在想什么？抓了这条鱼，您好像不高兴了。"

"没想什么，孩子。来，再拉一网。"

这一网是空的。网又沉下水底，一切又陷入沉寂。

"爷爷，再给我讲个故事吧。"

"好吧，就给你讲个金翅鲤鱼的故事。"

"又是鲤鱼变媳妇，说了多少遍了……"小孙子不高兴地嘟哝着。

"不是鲤鱼变人，是人变鲤鱼。"

"人能变鲤鱼？"

"能。"

孙子向前靠了靠，爷爷伸出胳膊，把孙子揽到怀里：

"若干年前⋯⋯"

"多少年？"

"小孩子家莫打岔，仔细听着。若干年前咱这青草湖边出了一个叫金芝的姑娘。这姑娘俊着呢，双眼叠皮，高鼻梁骨，咕嘟着小嘴，扎着两条大辫子，谁见了谁喜欢。那一年从城里下放到咱村一个女作家，听说那女作家写了一本书，书名就叫《青草湖》，你爹他们都念过这书呢！女作家就住在金芝姑娘家。后来起了大革命，女作家天天挨斗，有时还挨揍哩⋯⋯

"有一天晚上，女作家挨了最厉害的一场斗，半死不活地给抬到金芝家里。金芝流着泪给女作家擦身上的血污。村里的医生不敢来给女作家治伤。金芝忽然想起来了，青草湖对岸她有个姨父，早年闯过关外，家里有一种治跌打损伤的药，十分灵验。救人如救火，金芝姑娘托邻家的一个大嫂照料着女作家，自己来到青草湖边。

"'青草湖，青草湖，东西只五里，南北六十五。'若干若干年前，天上的织女把织布梭子掉到人间，在地上砸了一个坑，这就是咱们的青草湖。金芝的姨家在湖对面王庄，坐小船几袋烟工夫就能划过去，走旱路要两天。那时节，小船都被锁起来了，怕阶级敌人破坏呐。金芝来到湖边，脱下长衣服，捆成一个小包拴在身上，一纵身下了水。

"那天晚上也是好月亮，金芝姑娘就从这棵大柳树下下了湖。金芝一身好水性，像一条雪白的大鱼在水面上撒欢。她游啊游啊，水声哗哗哗地响，月亮明光光地照着她。半夜时分，她上了对岸，换上衣服，敲开了姨家的门。姨父挺疼这个外甥女，把珍贵的药给了她。姨不放心地说：'金芝呀，半夜三更的，你一个闺女家下湖，有个闪失怎么办？别走了，赶明儿让你姨父去送你。'金芝说：'姨，我水性好，没事。'

"金芝姑娘又下了湖。姑娘家毕竟力气单薄，游到湖中央，她吃不住劲，身子像拴上了十个秤砣……后来，天上飘来一朵洁白的云，把月亮遮住了，湖面上零零星星地落了一阵铜钱大的白雨点……一会儿，月亮又出来了。月亮煞白着脸，慢慢地往下落，慢慢地变大，最后挂在湖边的柳树梢上，望着像大镜子一样闪闪发光的青草湖……"

"金芝姑娘呢？"小孙子焦急地问。

月光下，爷爷两眼闪着光。

"爷爷，你哭了？"

"傻孩子，爷爷胡子都白了，不会哭了。爷爷的故事还没讲完呢。第二天夜里，女作家在邻居大嫂的搀扶下来到湖边，湖上静悄悄的，草叶上的露珠落在水面上的声音都听得清清楚楚。女作家轻轻地说：'好闺女，你喜欢看的《青草湖》我带来了……'她掏出一包纸灰，轻轻地撒在湖水中……"

"湖上突然翻起了波浪，湖中心裂开了一条缝，一阵红光闪过，浮上了一条金鲤鱼，翅膀、尾巴像火苗一样红。金鲤鱼游到湖边，用头拱上了一个衣裳包。然后，尾巴拍了三下水，又慢慢地游到湖中心，红光消逝了。湖上又是一片月光。女作家捞起衣裳包。衣裳包里包着一瓶云南白药……"

"爷爷讲完了吗？"

"完了。"

"金芝姑娘变成了金鲤鱼了？"

"唔，也许。"

一只水鸟从岸边的青草中飞起来，扑棱棱地飞着，落到湖中的苇丛里。

几只青蛙扑通扑通地跳到水里，像扔了几块石头。

水桶哗啦一声倾倒了，水面上翻起一阵浪花。

"孩子，你干什么？"

"我送金芝姑娘回家去了。"

"嗨，你这孩子。"

（初刊于《无名文学》一九八四年第一期）

# 夜　　渔

　　经过很长时间的缠磨，九叔终于答应夜里带我去拿蟹子。那是六十年代中期。每年都涝，出了村庄二里远，就是一片水泽。

　　吃过晚饭后，九叔带我出了村。临行时母亲一再叮嘱我要听九叔的话，不要乱跑乱动，同时还叮嘱九叔好好照看着我。九叔说，放心吧嫂子，丢不了我就丢不了他。母亲还递给我们两张葱花烙饼，让我们饿了时吃。我们披着蓑衣，戴着斗笠。我拎着两条麻袋。九叔提着一盏风雨灯，扛着一张铁锹，出村不远，就没了道路，到处都是稀泥浑水和一棵棵东倒西歪的高粱。幸好我们赤脚光背，不在乎水、泥什么的。

那晚上月亮很大，不是八月十四就是八月十六。时令自然是中秋了，晚风很凉爽。月光皎洁，照在高粱间的水上，一片片烂银般放光。吵了一夏天的蛙类正忙着入蛰，所以很安静。我们拖泥带水的声音显得很大。感到走了很长很长时间，才从高粱地里钻出来。爬上了一道堰埂，九叔说这就是河堤，是下栅子捉蟹的地方。

九叔脱了蓑衣摘了斗笠，又脱掉了腰间那条裤头，赤裸裸一丝不挂，扛着铁锹跳到那条十几米宽的河沟里去，铲起大团的盘结着草根的泥巴截流。河沟里的水约有半米深，流速缓慢。一会儿工夫九叔就在河水中筑起了一条黑色的拦水坝，靠近堰埂这边，开了一个两米的口子，插上双层的高粱秸栅栏。九叔把马灯挂在栅栏边上，便拉我坐在灯影之外，等待着拿蟹子。

我问九叔，拿蟹子就这么简单吗？

九叔说你等着看吧，今夜刮的是小西北风，北风响，蟹脚痒，洼地里蟹子急着到墨水河里去集合开会，这条河沟是必经之路，只怕到了天亮，捉的蟹子咱用两条麻袋都盛不下呢。

堰埂上也很潮湿，九叔铺下一件蓑衣，让我坐上去。他裸着身体，身上的肉银光闪闪。我觉得他很威风，便说他很威风。他得意地站起来，伸胳膊踢腿，像个傻乎乎的大孩子。

九叔那年十八岁多一点，还没娶媳妇。他爱玩又会玩，捕鱼捉鸟，偷瓜摸枣，样样都在行，我们很愿意跟他玩。

折腾了一阵，他穿上那条裤头，坐在蓑衣上，说，不要出动静了，蟹子们鬼得很，听到动静就趴住不爬了。

我们安静了，一会儿盯着那盏放射出温暖的黄色光芒的马灯，一会儿盯着那个用高粱秆栅栏结成的死城。九叔说只要螃蟹爬到栅栏里就逃脱不了了，我们下去拿就行了。

河水明晃晃的，几乎看不出流动，只有被栅栏阻挡起的簇簇小浪花说明水在流动。蟹子还没出现，我有些着急，便问九叔。他说不要心急，心急喝不了热黏粥。

后来潮湿的雾气从地上升腾起来，月亮爬到很高的地方，个头显小了些，但光辉更明亮，蓝幽幽的，远远近近的高粱地里，雾气团团簇簇，有时浓有时淡，煞是好看。水边的草丛中，秋虫响亮地鸣叫着，有噻噻的，有吱吱的，有唧唧的，汇合成一支曲儿。虫声使夜晚更显得宁静。高粱地里，还时不时地响起哗啦啦的水声，好像有人在大步走动。河面上的雾也是浓淡不一，变幻莫测，银光闪闪的河水有时被雾遮盖住，有时又从雾中显出来。

蟹子们还没出现，我有些焦急了。九叔也低声嘟哝着，起身到栅栏边上去查看。回来后他说：怪事怪事真怪事，今夜里应该是过蟹子的大潮呀，又说西风响蟹脚痒，蟹子不来出了鬼了。

九叔从河边的一棵灌木上，摘下一片亮晶晶的树叶，用双唇夹着，吹出一些唧唧啾啾的怪声。我感到身上很冷，便说：九叔，你别吹了，俺娘说黑夜吹哨招鬼。九叔吹着树叶，回头看我一眼。他的目光绿幽幽的，好生怪异。我心里一阵急跳，突然感到九叔十分陌生。我紧缩在蓑衣里，冷得浑身打战。

九叔专注地吹着树叶，身体沐在愈发皎洁的月光里，宛若用冰雕成的一尊像。我心中暗自纳闷：九叔方才还劝我不要出动静，怕惊吓了蟹子，怎么一转眼自己反倒吹起树叶来了呢？难道这是一种召唤蟹子的号令？

我压低嗓门叫他："九叔，九叔。"他对我的叫唤毫无反应，依然吹着树叶，唧唧啾啾吱吱，响声愈发怪异了。我慌忙咬了一下手指，十分疼痛。说明不是在梦中。伸出手指去戳了一下九叔的脊背，竟然凉得刺骨。这时，我真正有些怕了，我寻思着要逃跑，但夜路茫茫，泥汤浑水高粱遍野，如何能回到家？我后悔跟九叔捕蟹子了。这个吹着树叶的冰凉男人也许早已不是九叔了，而是一个鳖精鱼怪什么的。想到此，我吓得头皮发炸，我想今夜肯定是活不回去了。

天上不知道何时出现了一朵黄色的、孤零零的云，月亮恰好钻了进去。我感到这现象古怪极了，这么大的天，月亮有的是宽广的道路好走，为什么偏要钻到那云团中去呢？

清冷的光辉被阻挡了。河沟、原野都朦胧起来，那盏马灯的光芒强烈了许多。这时，我突然嗅到一股淡淡的幽香。幽香来自河沟，沿着香味望过去，我看到水面上挺出一枝洁白的荷花。它在马灯的光芒之内，那么水灵，那么圣洁，我们家门前池塘里盛开过许许多多荷花，没有一枝能比得上眼前这一枝。

荷花的出现使我忘记了恐惧，使我沉浸在一种从未体验过的洁白清凉的情绪中。我不知不觉地站起来，脱掉蓑衣，向荷花走去。我的腿浸在温暖的水中，缓缓流淌的水轻轻抚摸着我的大腿，我感到快要舒服死了。离荷花本来只有几步路，但走起来却显得特别漫长。我与荷花之间的距离仿佛永远不变，好像我前进一步，它便后退一步。我的心处于一种幸福的麻醉状态，我并不希望采摘这朵荷花，我希望永远保持着这种荷花走我也走的状态，在这种缓慢的、有美丽的目标的追随中，温暖河水的抚摸，给了我终身难忘的幸福体验。

后来，月亮的光辉突然洒满河道，一瞬间，我看到它颤抖两下，放射出几道比闪电还要亮的灼目白光，然后，那些宛若玉贝雕琢成的花瓣纷纷落下。花瓣打在水面上，碎成细小的圆片，旋转着消逝在光闪闪的河水中，那枝高挑着花瓣的花茎，在花瓣凋落之后，也随即萎靡倾倒，在水面上委蛇几下，化成了水的波纹……

我不知不觉中眼睛里流淌出滚滚的热泪，心里充满甜蜜的忧伤。我心中并无悲痛，仅仅是忧伤。眼前发生的一切，宛若一个美丽的梦境。但我正赤身站在河水中，水淹至我的心脏，我的心脏的每一下跳动都使河水轻轻翻腾，水面上泛起涟漪。荷花虽然消逝了，但清淡的幽香犹存，它在水面上漂漾着，与清冽的月光、凄婉的虫鸣融为一体……

一只有力的大手抓住我的脖颈把我提出水面，水珠一串串，像小珍珠，从我的胸腔、肚腹、蚕蛹大的小鸡鸡上，滴溜溜地滚落到水面上。我听到河水被两条粗壮的大腿蹚开，发出哗啦啦的巨响。随后，我的身体被抛掷起来，在空中翻了一个筋斗，落在蓑衣上。

我想一定是九叔把我从河中提上来，但定睛一看，九叔端坐在堰上，依然那么专注痴迷地吹着树叶，没有一丝一毫移动过的迹象。

我大叫了一声：九叔！

九叔叼着树叶，回头看了我一眼，那目光完全是陌生人的目光，并且那目光中还透出几分愠恼，好像嫌我打扰了他的吹奏。有了下河追随荷花的经历，恐惧竟离我而去，我已不太在乎九叔是人还是鬼，他似乎只是一个引我进入奇境的领路人，目的地到达，他的存在也就失去了意义。这样想着，他吹奏树叶的声音也由鬼气横生变得婉转动听了。

马灯的昏黄光芒向我提示，我们是来捉螃蟹的。一低头，一抬头，就看到成群结队的螃蟹沿着高粱秸栅栏往上爬。螃蟹们的个头很整齐，都有马蹄般大小，青色的亮盖，长长的眼睛，高举着生满绿毛的大螯，威风又狰狞。我生来就没见过这么大、这么多的螃蟹集中在一起，心里又兴奋又胆怯。戳九叔，九叔不动。我很有些愤怒，螃蟹不来，你着急；螃蟹来了，你吹树叶，要吹树叶何必半夜三更跑到这里来吹？我又一次感到九叔已经不是九叔。

一只软绵绵的手摸我的头颅，抬头一看，竟是一个面若银盆的年轻女人。她头发很长、很多，鬓角上别着一朵鸡蛋那么大的白色花朵，香气扑鼻，我辨不出此花是何花。她满脸都是微笑，额头正中有粒黑痦子。她身穿一袭又宽又大的白色长袍，在月光中亭亭玉立，十分好看，跟传说中的神仙一模一样。

她用低沉甜美的声音问我："小孩，你在这里干什么呀？"

我说："我在这里捉螃蟹呀。"

她哧哧地笑起来，说："这么个小东西，也知道捉螃蟹？"

我说："我跟我九叔一块儿来的，他是我们村里最会捉螃蟹的人。"

她笑着说："屁，你九叔是天下最大的笨蛋。"

我说："你才是笨蛋呢！"

她说："小东西，我让你看看我是不是笨蛋。"

她回手从身后拖过一根带穗的高粱秆，往河沟中的两道栅栏间一甩，那些青色的大螃蟹就沿着秆儿飞快地爬上来。她把高粱秆的下端插进麻袋，那些螃蟹就一个跟着一个钻到麻袋里去了。瘪瘪的麻袋很快就鼓胀起来，里边嘈杂着万爪抓搔、千嘴吐泡沫的声音。一只麻袋眼见着满了，她从脚前揪下一根草茎，三绕两绕，把麻袋口拴住了。另一只麻袋也很快满了，她又用一根草茎封了口。

"怎么样？"她得意地问我。

我说："你一定是个神仙！"

她摇摇头，说："我不是神仙。"

"那你一定是个狐狸!"我肯定地说。

她大笑着说:"我更不是狐狸。狐狸,多丑的东西,瘦脸,长尾,满身的脏毛,一股子狐臊气。"她把身体凑上来,说:"你闻闻,我身上有臊气没有?"

我的脸笼罩在她的那股浓烈的香气里,脑袋有些眩晕。她的衣服摩擦着我的脸,凉凉的,滑滑的,十分舒服。

我想起大人们说过的话,狐狸能变成美女,但尾巴是藏不住的。便说:"你敢让我摸摸你的屁股吗?要是没有尾巴,我才相信你不是狐狸。"

"咦,你这个小东西,想占你姑奶奶的便宜吗?"她很严肃地说。

"怕摸你就是狐狸。"我毫不退让地说。

"好吧,"她说,"让你摸,但你的手要老实,轻轻地摸,你要弄痛了我,我就把你摁到河里灌死。"

她掀起裙子,让我把手伸进去。她的皮肤滑不留手,两瓣屁股又大又圆,哪里有什么尾巴?

她回过头来问我:"有尾巴没有?"

我不好意思地说:"没有。"

"还说我是狐狸吗？"

"不说了。"

她用手指在我脑门上戳了一下，说："你这个又奸又滑的小东西。"

我问："你既不是狐狸，又不是神仙，那你究竟是什么？"

她说："我是人呀。"

我说："你怎么会是人呢？哪有这么干净，这么香，这么有本事的人呢？"

她说："小东西，告诉你你也不明白。二十五年后，在东南方向的一个大海岛上，你我还有一面之交，那时你就明白了。"

她把鬓角上那朵白花摘下来让我嗅了嗅，又伸出手拍拍我的头顶，说："你是个有灵气的孩子，我送你四句话，你要牢牢记住，日后自有用处：镰刀斧头枪。葱蒜萝卜姜。得断肠时即断肠。榆树上结槟榔。"她的话还没说完，我便睡眼蒙眬了。

等到我醒来时，已是红日初升的时候，河水和田野都被辉煌的红光笼罩着，那一望无际的高粱像静止不动的血海一样。这时，我听到远远近近的有很多人呼唤我的名字。我大声地答应着，一会儿，我的父母、叔婶、哥哥嫂嫂们从高粱地里钻出来，其中还有我的九叔。他一把抓住我，气愤地质问我：

"你跑到哪里去了？！"

据九叔说，我跟随着他出了村庄，进了高粱地，他摔了一跤爬起来就找不到我了，马灯也不见了。他大声喊叫，没有回音，他跑回家找我，家里自然也找不到，全家人都被惊动了，打着灯笼，找了我整整一夜，我说：

"我一直跟你在一起呀。"

"胡说！"九叔道。

"这是两麻袋什么？"哥哥问。

"螃蟹。"我说。

九叔撕开扎口的草茎，那些巨大的螃蟹匆匆地爬出来。

"这是你拿的？"九叔惊讶地问我。

我没有回答。

　　今年夏天，在新加坡的一家大商场里，我跟随着朋
友为女儿买衣服，正东挑西拣地走着，猛然间，一阵馨
香扑鼻，抬头看到，从一间试衣室里，掀帘走出一位少
妇，她面若秋月，眉若秋黛，目若朗星，翩翩而出，宛
若惊鸿照影。我怔怔地望着她。她对着我妩媚一笑，转
身消逝在熙熙攘攘的人流里。她的笑容，好像一支利
箭，洞穿了我的胸膛。靠在一根廊柱上，我心跳气促，
头晕目眩，好久才恢复正常。朋友问我怎么回事，我心
不在焉地摇摇头，没有回答。回到旅馆后，我突然想起
了那个帮我捉螃蟹的女人，掐指一算，时间正是二十五
年，而新加坡也正是一个"东南方向的大海岛"。

　　　　　　　　　　　　　　　　　（一九九一年）

# 鱼　　市

　　凌晨，鱼香酒馆的老板娘风珠推开临街的窗户，看着窗外的风景。夜里下了一场不大不小的雨，青石板铺成的街道上，积存着雨水和银光闪闪的鱼鳞；没积水的地方也是明晃晃的。雾在街上缓缓地滚动着，一阵浓一阵淡；一阵明一阵暗。这一段铺着青石的街道是高密东北乡著名的鱼市街，浓重的鱼腥味借着潮气大量挥发出来。南海的风和北海的风你吹来我吹去；南海的鱼和北海的鱼在这里汇集。街上的青石滋足了鱼的鼻涕，虾的汁液，蟹的涎水。

　　太阳在雾里透了红。对面的几家铺子正在下门板。杂货铺老板于疤眼站在门口，朝街心使劲吐了一口痰。

几个伙计从井里打上水来，哗啦啦地往街上泼。德生也下了门板，打水冲洗饭馆前的台阶。街两边对着泼，好像要把鱼腥气冲到对家一样。

"德生，别冲了！"她大声说。

德生朝窗户里笑笑，说："姑，今日逢大集，买卖少不了，要不要请我妹妹来帮忙？"

德生二十出头，在县党部当过厨子，现在是鱼香酒馆的掌勺大师傅。酒馆店面小，摆四张桌子，容十几个人。德生是她的血缘不远的侄子。她看到德生用腰间围裙擦着手，踏着鱼市街上的积水，匆匆地走去。他去叫他的妹妹德秀来帮厨。那是个很健康的姑娘，红扑扑的脸上总是沾着一些银灰色的鱼鳞。家住在镇东头，晒干鱼卖。只要来店里，总是很甜地叫姑。

雾渐渐散去。太阳红红的，像个羞怯的女人。骚屄！她听到有个嗓门沙哑的女人在很远的地方骂。高高的朱红色旗杆斗子从对面店铺深处的灰瓦屋顶中挺起来。那是刘举人家的大门口。民国了，那玩意儿还被刘家视为荣耀，一年好几遍上油漆。"刘家的旗杆婊子的屄，一个年年漆，一个天天洗。"这镇上经常流传一些顺口溜，作者不明。保安队刘队长在鱼香饭馆发誓要查出这编造顺口溜的人。"只要让我查出来，"刘队长在桌子上猛拍了一巴掌，高声说，"割掉他的鸡巴喂狼狗！"他解开土黄色军装的扣子，露出腰间宽皮带上挂着的盒子枪。保安队有二十几个人，住在鱼市街西头的大庙里，任务是保卫地方治安。没见到他们干什么捉土匪的事，只看到他们逢集日早上跑操，口号喊得震天响。

　　他们沿着青石街跑来了。十八个人，分成两排。刘队长跑在队伍外，嘴里叼着一个铁哨子，吱吱地吹着。哨音与队伍的步调不一致，乱七八糟。保安队员们都穿着土黄色制服，腰里扎着牛皮带。脸色都灰着，嘴唇都青着，目光都散着，打不起精神来。石板道坑洼里有水，他们跳跳蹦蹦地躲避着。路过窗口时，都斜过眼来，仿佛行注目礼。窗台变成检阅台。几十只脚都不避坑洼里的水，呱呱唧唧响。脚上都是黑胶鞋，庄户人穿不起。这些兵里，只有颜小九没来过。余下的没个好货。

　　"都往前看！"刘队长歪着头说，"老板娘，好大的劲儿，拉歪了二十个弟兄的脖子。"

"你的鳖脖子不也是歪过来了吗？"

他嘻嘻笑着，把哨子塞到嘴里吹着，用双手的指头做了一个象征性的姿势，往前跑了。

鱼虾开始上市了。贩鱼的人几乎都是红脸膛，粗脖颈，嗓音沙哑，手上沾着鱼鳞。他们各有各的固定地点，谁也不会侵犯别人的地盘。鱼贩子都是铁肩飞毛腿，每人一条又长又宽的槐木扁担，两只大鱼篓。到南海一百五十里，到北海一百六十里。不管去南海还是去北海，都是挑着两百斤鱼两天一个来回。南海的渔码头和北海的渔码头上，都有这些鱼贩子的相好。临着她的窗那块儿，是鱼贩子老耿父子的地盘。早来的鱼贩子都横了扁担，开了鱼篓，摆出样儿鱼，支起马扎子坐了，守着鱼抽烟。时辰还早，主顾还没上街呢。

又过了一阵子，青石街上热闹起来。鱼贩子们大批拥来，鱼篓上的生皮扣子摩擦扁担发出悦耳的吱悠声。鱼贩子们相互之间的大声问讯，响了半条街。银灰的带鱼、蓝白的青鱼、暗红的黄鱼、紫灰的鲳鱼，黏黏糊糊的乌贼、披甲执锐的龙虾，摆满了街道两侧；浓烈生冷的鱼腥味儿混浊了街上的空气。"扁担六"来了。"王老五"来了。"大黑驴"来了。"程秀才"来了。"老法海"
来了。"猴子猫"来了……街上晃动着许多她熟悉的面
孔，独独缺少两张她最熟悉的面孔——老耿和他儿子小
耿的面孔。窗前的青石板上空着两步距离，那里就是老
耿小耿的摊位，往常他们父子总是最早站这里的。最早
的变成最晚的。她感到心里空空荡荡，后来又有一丝不
祥之感像小蛇一样在那空空荡荡里游动。难道在路上遭
了匪？或是得了绞肠痧？散了操的保安队员们三三两两
地闲逛回来，土黄色杂在黑色的鱼贩子中间，好像青鱼
群里杂着几条黄花鱼。兵们都是馋嘴的猫，少了他们，
鱼市街其实就没意思了。他们多数犯着烟瘾、酒瘾、赌
瘾、娘们瘾，诸瘾之外还有鱼瘾。这十几个兵爷爷是青
石街鱼市里寄生的蛔虫，有他们众人不舒服，没他们也
许会更不舒服。兵们在"买"鱼，嘴里说是买，但只拣
大个的鱼提着走，没有一个解腰包掏钱。大爷昨夜手气
不好，输了，先记在账上吧，老板。老总您说笑呢，吃
条鱼，该孝敬。兵们提着鱼，一个个眉开眼笑，轻车熟
路地走了。没有一个兵到鱼香酒馆来，他们不够级别。
在鱼香酒馆吃鱼喝酒的是刘队长。他是镇上手握着兵

权，能指挥二十几条钢枪的人。据他自己说毕业于日本
士官学校，谁也不想去证明他说的是谎言。地方小，多
几个有资历的人总是好事。

刘队长提着一条红加吉鱼走进酒店。那条鱼有五六
斤重，她早就瞅见了。红加吉是一等好鱼，从不成大
群，难捕。肉是雪白的蒜瓣肉，不腥。吃完了肉，鱼架
子能煮一锅好汤。这家伙今日竹杠敲得挺响，一下子就
从鱼篓子底下把这条鱼拽出来，"猴子猫"心疼得直眨
巴眼睛，哭丧脸上挤笑纹：

"刘队长，这条鱼是给于大爷留的。他老人家……"

"屁，于大爷吃得难道老子就吃不得吗？你不说留
给于大巴掌那老驴，我兴许还不要你的，你一说我偏要
提走不可！"说着，手就摸到了腰间的盒子枪，拍着，
涨红着脸，一副受了大侮辱的愤怒样子。

"猴子猫"说："我的亲爷，你尽管提着鱼走吧，别
老去拍打那玩意儿，怪吓人的。"

"知道害怕就好办，啥时你连它都不怕了，事情就
有些麻烦了。"让"猴子猫"用马兰草穿了鱼鳃，提
着，大包大揽地说，"让于大巴掌去找我就是！"

　　"猴子猫"说："不敢，不敢，爷您只管走就是。"

　　"德生！"进店就大声吼叫，"这条红加吉拿去拾掇了，今日四月初八，阎王爷过生日，我与你那个浪姑姑喝个鸳鸯交杯酒！"

　　德生还没回来。听着刘队长吼叫得太猖狂，她推开一扇通向店堂的小门，懒洋洋地离了窗口，踱过去。

　　"掌柜的，心口痛又犯了？"刘队长皱着眉头说，"见了我，你永远是这副病西施模样，可是一见了老耿小耿，就脸发红光，像头母豹子，爷孝敬你的难道还不够吗？总有一天爷要搬掉这两块绊脚石，拔掉这两棵障眼草。"

　　她咳嗽一声，说："快闭了那张鸟嘴！老娘是你一个人包下的？"

　　刘队长见店里没人，涎着脸凑上来，伸出沾着加吉鱼鳞的手，摸住了她的胸，说：

　　"爷就是要学学那卖油郎，独占了你这花魁！"

　　她冷冷地看着他，随凭他那鳗鱼般黏稠的手指在自己胸脯上游走。一个幽灵般的男人，无声无息地从店堂的里间里飘出来，落在了刘队长的身后。他伸出两只抖抖颤颤的手，摸住了刘队长的脑袋，嘴里嘟哝着：

"你是谁？让我摸摸看。"

他的十指苍白，细长，宛若章鱼的生满吸盘的腕足。刘的头在他的手底缩小着，改变着颜色。那只游动在她胸间的手软绵绵地垂下去。他的手上似乎有一种法力，形成了一个看不见的罩子，把刘队长禁锢住了。刘筛糠般地哆嗦着，任由他抚摸。

"刘队长。"瞎子的手停在刘的喉结上说，然后突然松了手，咳嗽着，摸到一张桌子边上，坐下，大声说："德生，我要喝茶。"

她也大声说："你等着吧，德生家去叫德秀了。"

他说："你还心痛吗？"

她说："还痛。"

他说："你要学我的样子，喝浓浓的茶。你是鱼毒攻心，一辈子吃了多少鱼？"

德生领着德秀来了。德秀身体壮硕，像条满腹籽儿的新鲜小青鱼。她大声叫着姑姑。瞎子叫德生，要茶。刘队长恢复活力，说：

"瞎老大，你这阴魂八卦掌真是厉害，你摸我一次，我半年不能和女人行房。”

德生提着一把大号南泥茶壶，放在暖套子里，搬到瞎子面前，说：“姑父，茶来了。”

“好茶，好茶。德生，忙你的去吧，你姑父有这壶茶就行了。”瞎子贪婪地抽搐着鼻子，说，“不喝茶，在这鱼市街上就活不过五十岁。鱼毒攻心呐。”

瞎子喝茶，全神贯注，进入忘我境界。她提起那条红加吉，看看，扔到盆里，说：“德生，这条鱼是刘队长的，他要怎么吃，由他吩咐吧。”

刘队长瞅着德秀说：“我要你给我做。”

德秀说：“行啊，刘队长吩咐的事，连黑三都不敢不做！”

他怔了一怔，看看神态自若的德秀，鼻子抽抽，别别扭扭地咳嗽了几声。

她捂着胸口，青着嘴唇，回到窗口。鱼市上的风景亲切地扑入眼帘。“程秀才”摆出了一篓鳗鱼。那些黏腻的东西在阳光下闪烁着，她感到恶心。她想起很早之前的一个早晨，一个男人用鳗鱼戳一个女人嘴巴的情景。她虽然看不见自己的脸，但也知道自己的脸已经苍白了，像死鲇鱼的肚皮一样的颜色。嘴唇一定紫红了，像青鱼的眼睛一样。窗前还空着，老耿父子还没出现。

刘队长坐在她的背后，伸手摸索着她，说："凤珠大妹子，你可真够狠心的，说不理我就不理我了。那老耿，一个满身腥臭的鱼贩子，到底有什么好？火起来我砸了他的鱼篓子，折了他的扁担。"

她不回头，忍受着他在身上的麻缠，说："刘队长，凭着你的身份、地位，什么样的女人找不到？何苦来缠我一个满身鱼腥的女人？我是个什么样子你也不是没经过，你放了我行不行？"

刘队长说："好一个贞女，要为老耿守节哩！你那窟窿里，鳗鱼进去过，青鱼也进去过，鲅鱼进去过，带鱼也进去过，假装什么正经。"

她说："诸般杂鱼都经过，才知道金枪鱼最贵重！"

刘说："你准备怎么着？撇下这店，扔了瞎子，跟老耿跑？"

她说："我凭什么要撇了这店？凭什么要扔了瞎子？我哪儿也不去，铺开热被窝等老耿来睡。"

刘说："好好好，倒让这臭老耿独占了花魁。"

街上的鱼招引来无数的苍蝇，鱼贩子们挥动蒲扇轰赶着。一个左手端着破毡帽，右手拿着剃头刀子的叫花子出现在鱼市上。他对着鱼摊主人伸出毡帽，横眉竖眼地说："拿钱！"

鱼贩子一见他那样子，知道这种劈头士比绿头苍蝇还难缠，慌忙掏出一张沾满鱼腥的纸票，打发走了这位爷。"猴子猫"不知犯了哪门邪愣，尖着嗓子说："这买卖还怎么做？半上午了，连片鱼鳞还没卖出去，已经赔进去两条红加吉，当兵的抢也罢了，你一个癞皮狗一样的东西也这么霸道，老子前辈子欠你们的吗？"

劈头士把毡帽几乎杵到"猴子猫"鼻子尖上，大声说："拿钱！"

"猴子猫"说："没钱，你走吧！"

劈头士举起剃头刀子，说："不拿钱，我劈头。"

"猴子猫"说："你就是把头割下来我也没钱。"

旁边的人劝说："老孙，给张小票打发他走，别耽误了生意。"

"猴子猫"说："这生意横竖是做不成了，要劈就让他劈吧！"

劈头士呀呀地叫起来，嚷着："这世道不公哇，逼得人活不下去了呀！"然后，举起剃刀，在额头上一拉，皮肉裂开，鲜血渗出，又伸出手掌，往脸上一抹，顿时面目狰狞，让人从骨头里往外瘆。

鱼市上的闲人们围上来看热闹，"小无赖"从人腿缝里偷"猴子猫"的鱼。

刘队长提着盒子枪过去，用枪筒子戳着闲人们的腰，硬戳开一条道路。走到劈头士面前，用枪的准星顶着他的下巴，笑嘻嘻地说：

"王阿狗，你什么时候练了这一手？这鱼市街是你吃巧食的地方吗？喜欢劈头？好嘛，劈，继续劈，那么一条小伤口就想讹人？劈，给我连劈四十八刀，我赏你两块大洋！"

劈头士王阿狗扔掉刀子，跪在地上，说：

"刘队长饶了我吧，我家里有八十岁的老娘，靠我要口饭养活……"

"你娘早死个了，还敢来蒙我！"刘队长骂着，掏出哨子，吱吱地吹响。几个在街上打秋风敲竹杠的兵跑过来。

刘队长说："把这个扰乱社会治安的家伙拉到后河崖上去毙了！"

几个兵如狼似虎地扑上来，叉着劈头士，拖拖拉拉地走。劈头士双腿蹬着地，鬼叫着："队长饶命！阿狗再也不敢了……"

刘队长冷笑着看"猴子猫"。"猴子猫"脸冒冷汗，双腿打抖。

"'猴子猫'，吃你条加吉鱼，是我瞧得起你。你以为本队长买不起一条鱼吗？"说着拍拍腰间，"有的是光洋！你说，我欠你多少钱？用得着你骂大街？"

"猴子猫"抡圆巴掌，啪啪地扇着自己的脸，骂着：

"打，打，打死你这个没出息的东西！"

刘队长骂骂咧咧地走到窗口，说：

"好像我们是吃闲饭的一样！哼，有我们在，地痞流氓就不敢嚣张，没有我们，只怕一天太平日子也没得过。"

"抖起威风来了！有本事把黑三的杆子灭了去！"她趴在窗口上说。

"你以为我灭不了他是怎么着？"他说，"这种事儿，你们娘们家根本不懂！"

她歪歪嘴，不去看他。这时德秀跑出店门来喊：

"刘队长，您的鱼烧好了。俺哥让您趁热吃，凉了腥。"

"老板娘，陪我一起吃？"

"没那肚福。"

刘队长讪讪地进了店堂。她的眼睛被光闪闪的鱼鳞耀花了。一条癞皮狗叼着一条大鲅鱼在青石街上跑，两边的鱼贩子一齐喊打，但没人起身。癞皮狗叼着鱼，大摇大摆地跑了。窗前空荡荡，更加空荡荡的是她的心。

她问"王老五"："老耿和小耿在路上出事了吗？"

"王老五"说："八成被北海下营镇上那个白狐狸精给迷住了。"

她说："死老五，我问你正经话哩。"

"王老五"说："我回你的也是正经话哩！你不知道，这世界上有两种男人不能交，哪两种男人？兵痞子，鱼贩子。那白狐狸一身白花花的蒜瓣子肉，吃一次还想第二次，更妙的是下边，哈哈，寸草不生，一只白虎星……耿大哥是不是一条青龙？"

旁边的小元插嘴道："耿大哥是不是青龙只有老板娘知道。"

她骂道："小元，人家西院喂骒子，你东院伸出根鳖脖子！"

小元嘻嘻地笑着，说："仙姑，什么时候也让咱尝尝鲜，三十岁的人了，连女人的肚皮都没挨过。"

她吐了小元一脸唾沫，骂道："留着这些话回家去骗你娘吧！你们这些骚鱼贩子，哪一夜不在女人肚皮上旋磨！"

小元道："那么老耿呢？"

她说："你们这一群里，就出了老耿这么个老实人。"

老五道："老实人？老耿那家伙——哎，那不是小耿的驴吗？"

她把大半个身子探出窗户，向东张望着。从太阳升起的方向，来了一匹披着万道光芒的小毛驴。在鱼贩子中，惟一不用扁担挑鱼而用毛驴驮鱼的，就是十四岁的精瘦少年小耿。往常的集日清早，老耿挑着两篓鱼，大扁担忽闪着，好像一只大鸟在飞翔；小耿赶着背驮两篓鱼的小毛驴，歪歪斜斜，跟着老耿，跑得风快，小驴蹄子弹着青石板，啪啪啪啪啪啪啪，一片声儿连着响……那些时候她心潮难平，像一个妻子盼来了丈夫和儿子。

小毛驴无精打采地穿过鱼市，停在了她窗前的石板街上。驴垂着头，一动不动。鱼贩子们都把惊诧的目光投过来。

她从窗口跃出来，揭开了毛驴肚腹两侧的驮篓盖子。

她嚎叫一声，萎软在驴身旁。

（一九九一年）

# 地　　道

　　黎明时分，村里的狗咬成一片。方山机警地跳下炕，轻轻拉开房门，站在院子里，竖起耳朵，谛听街上的动静。他听到街西头有男人在咋呼、女人在哭嚷，便慌忙跑回屋子里，把挺着大肚子在炕上昏睡的老婆拽起来。

　　"来了吗？"老婆问。

　　"八成是来了，"他兴奋地说，"不怕一万，就怕万一，还是先躲出去吧。"

　　"我估计着也就是这几天的事了，"老婆说，"他们来了，又能怎么样呢？"

　　"你好糊涂！"方山说，"这一次比以前更狠，只要是没出肚的，就不算条性命，八点钟生，七点五十九分被捉住，也要打针引产。"

"引产就引产。"老婆说。

"你知道什么！"方山说，"打了引产针，那孩子生出来过不了三天就要死。"

老婆挽起早就收拾好的包袱，蹭下炕沿，嘟哝着，往外走。"我实在是不愿下到你那耗子洞里去。"老婆说。

"好老婆，你不知道下边有多么舒坦。"方山说。

一个七八岁的女孩翻身从炕上爬起来，睡眼惺忪地问："爹娘，你们去哪儿？"

方山压低嗓门，说："别吵吵，盼弟，在家好生照顾妹妹，我带你娘出去避难，没事了就回来。"

女孩懂事地点点头。她长得很瘦，头发蓬着，像个鹊巢。

方山又说："锅里有饼子，瓮里有水，饿了就吃，渴了就喝。有人来问我和你娘，就说到你姥姥家去了。"

女孩点点头。

方山看看炕上那两个酣睡未醒的女孩，心里有些牵挂。外边的狗叫声益发嚣张起来，一种紧张与狂热相结合的情绪攫住了他。他拖着妻子，走到院子里，掀起一口反扣在墙角的破铁锅，露出一个边缘被爬得光溜溜的洞口，他对老婆说："下去吧。"

老婆说："我这样，怎么能下去？下去还不憋死？"

方山得意地说："放心吧你，不怕憋死你，还怕憋死我儿子呢。"

方山扯着老婆的胳膊，把她放到洞底，自己也纵身下去，然后踩着洞壁的台阶，把铁锅盖在洞口上。

她落到洞底，快速地抽搐着鼻孔，让肺里吸满地道里的气味。他听到老婆在呻吟，便问："你怎么了？"

老婆说："下洞时抻了一下。"

方山不在意地说："反正快要生了，抻下就抻下吧。"

他从老婆挽着的包袱里摸出了一支袖珍手电筒，撅亮，一道狭窄的黄光射出去，照亮了通向前方的地道。

老婆惊讶地说："这么长？"

方山得意地说："你以为我这半年的工夫白费了？

告诉你，地道一直通向河边，往前爬吧。"

他擎着手电，照亮了弯弯曲曲的地道，夫妻二人一前一后爬行着。他催促老婆快爬，老婆气喘吁吁地说："我拖着大肚子哩，哪像你那样轻松！"

方山笑笑——他的心情极好，说："慢慢爬、慢慢爬吧。"爬行了约有三十米，地道变得宽敞高大起来，他们渐渐地直起了腰，终于完全站直了腰。方山从洞壁上摸到火柴，点燃了一盏放在沿壁方孔里的油灯。明亮又温暖的光芒射出来，照亮了洞里的一切，土洞的一角上铺着金黄的麦草，像一个温暖的土炕，还有盛水的瓦罐，还有盛干粮的柳条筐。简直是一个温暖的家。老婆兴奋地说：

"孩他爹，你打算在这里过日子是不是？"

方山卷了一支烟，触到灯火上点燃，吸了一口，干核桃一样的小脸上，绽开狡黠的微笑。他身材矮小，四肢短小，两只小手像瞎老鼠发达的前掌。老婆欣赏着丈夫细小的眼睛和高耸在乱发中的两扇又大又薄的透明耳朵，笑着说："怪不得人家叫你耗子！"

方山说："这个外号是糊给咱爹的，爹死了，又传给了我。"

"爹是耗子，儿能不是耗子？"老婆戏谑道，"只怕我这肚子里也是一只小耗子呢。"

方山说："不管是耗子还是猫，反正你要给我下个公的。"

老婆说："那谁敢打保票？下出来才知道呢！"

方山说："你要再敢下个母的，我就掐死你。"

老婆说："狠的你！谁愿意下母的？要是头胎就下个公的，我还用遭这些活罪？一胎两胎三胎四胎，整日价提心吊胆、东躲西藏，人不是人，鬼不是鬼。要是这胎还是母的，干脆就去结了扎，我受够了。"

方山说："你敢！你想给我们老方家断了种？"

老婆说："断了就断了，反正也不是什么好种。"

方山说："怎么不是好种？俺家八辈子贫雇农，根红苗正。"

老婆说："别翻那本老皇历了。现在是越富越光荣，穷种不吃香了。"

方山感叹一声，说："还是毛主席好。"

他揿亮手电筒，把一束黄光照在洞壁上悬挂着的那张毛主席画像上。

老婆说："咦，我还没有看到呢。"

方山说："挂上避邪消灾。"

老婆说："真要在下边过日子呀？"

方山说："有了这个地方，咱就不怕了。万一这胎还是母的，咱就再生一胎。"

老婆说："这不是跟那电影《地道战》一样了吗？"

方山说："我就是想起了《地道战》才想起了挖地道。"

老婆说："要是暴露了洞口，人家往里灌水，那不像耗子一样？"

方山说："水是宝贵的，井里来，河里去。"

老婆说："要是人家往里放毒瓦斯呢？"

方山说："不会的，工作队也不是日本鬼子，到哪儿去弄毒瓦斯？"

老婆说："难说哩，你能挖地道，人家还弄不到毒瓦斯？电影《地道战》，放了八百遍，谁没看过？"

方山说："都看过，可谁也没想到挖地道是不是？这就叫做：会看的看门道，不会看的看热闹。"

"老鼠生来会打洞！"老婆说。

方山说："我是公老鼠，你就是母老鼠。"

两口子调笑着，见一线光明从洞外射进来。他们停住嘴，听到河里有青蛙的叫声。

"外边就是河？"老婆问。

方山说："外边是草丛、柳棵子，下边是河。"

老婆说："天亮了。"

方山说："天亮了，我上去看看，你等着别动。"

他四肢着地，爬到了隐蔽在河堤半腰上一丛茂密的柳棵子下的洞口。河水在洞口下方。透过碧绿柳条的缝隙，他看到一轮红日，粘连在遥远的河面上。河面上躺着一条漫长的红影子。柳条下垂，与洞口下裸露的棕色树根交叉在一起。河水澄清，他看到自己从洞中运出的大量黄土使洞下的河道变成了浅滩。他欣赏自己的智慧和毅力，在短短半年的夜晚时间里，他神不知鬼不觉地完成了这项对一个小男人来说显得十分巨大的工程。听听堤上，悄无人声，堤外的村子里却十分喧闹。他分拨着柳条和杂草，迅速地钻出洞。拽住柳条，他爬上河堤，将身体隐蔽在一丛紫穗槐中，观察着村里的动静。

他看到街上匆匆跑动着一些莫名其妙的人，一辆火红色的链轨拖拉机挂着高档，在街上隆隆地跑着，团团旋转的轮子驱赶着银光闪闪的履带，碾轧着浮土很厚的街道。拖拉机的两只大眼射出电光，比阳光还要强烈。拖拉机后边小跑着一群人。打头的一位，身高不过一米，穿着一套镶有铜扣子的绿制服，头戴一顶大檐帽，手提着一只红色电喇叭。别人是小跑，他是飞跑。他那两条小短腿像两根鼓槌子，快速地打击着地面。方山认出了这位小个子是乡政府计划生育办公室大名鼎鼎的郭主任，外号"催命大郎"。看到"催命大郎"，育龄妇女都恨爹娘少生了两条腿。方山暗暗庆幸。郭主任身后，跟着十几个穿土黄色制服的青年，都弓着腰，小跑步前进，像一队跟着坦克车打冲锋的士兵。

拖拉机停在一栋新盖的瓦房前，那是村里的超生户袁大头家的，袁杀猪卖烧肉，赚钱很多，虽因超生屡遭罚款，但家底还是很厚实。

郭主任指挥着手下的人，拉开一卷钢丝绳，捆住袁大头的新瓦房，又把绳头挂在拖拉机的后杠上。郭主任开了电喇叭，大声吆喝着：

　　"村民们听着，那些屡教不改的超生专业户听着，上级有了新指示：'宁要家破，不要国亡'，'上吊不解绳，喝毒药不夺瓶'，今日本主任要做出个样子给你们看看。袁大头，让你老婆出来，赶快去流产。"

　　袁大头家寂静无声。

　　郭主任大喊："限你们五分钟，不出来，拉倒房子砸死活该，本主任不负责，国家也不负责。"

　　袁大头家寂静无声。

　　郭主任挥手，大吼："开车！"

　　拖拉机尖锐地鸣叫起来，圆桶状的烟囱里，喷吐着一圈圈白色的烟雾。方山看到，拖拉机驾驶员戴着墨镜，嘴巴上还蒙着一块黑布，根本看不清他的模样。

　　拖拉机缓缓前进着，钢丝绳渐渐抽紧。袁大头家瓦房起初岿然不动，拖拉机一加马力，瓦房便摇晃起来。袁大头家的院子里一阵哭嚎，大门洞开，袁大头手持杀猪刀一马当先，后边跟随着他的大肚子老婆，还有三个阶梯样的女孩，最后边，还有一个拄着拐棍的老太太。

　　袁大头吼着："'催命大郎'，老子跟你拼了！"

　　郭主任硬挺着架子，说："你来，你来，杀人要偿命的！"

袁大头说："管你偿命不偿命！"挥起明晃晃的刀，斜劈下来，郭主任一低头，大檐帽掉在地上。

郭主任捂着头，喊："抓住他！抓住他！"

十几个青年一拥而上，按倒袁大头，用绳子捆住。郭主任回过气来，下命令："抓住他老婆，送卫生院。他妈的，开车，拉，让你们劈叉着两条腿养！"

拖拉机声嘶力竭地吼叫着，袁大头家的新房子缓缓地倒塌，一股烟尘升上了天。

郭主任举着喇叭喊："那些自己钩掉环儿的，那些非法怀了孕的，都给我出来！"他挥舞着一张纸片，喊："谁也别想蒙混过去，我这儿有名单！"

一些蓬头垢面的女人，哭哭啼啼地集中到郭主任周围。郭主任对着名单点名。

"杨大成家的！"

一个女人哭着举起手。

"李金钢家的！"

一个女人青着脸站出来。

"方山家的！"

没人出来。

"方山家的！"……

郭主任说："跑了和尚跑不了庙，走！"

方山溜下河堤，钻进洞去，对老婆说："今日动了真格的了。"

老婆问："刚才是什么响？"

方山说："拖拉机把袁大头家的房子拉倒了。"

老婆说："咱家的房子呢？"

方山说："怕是保不住了。"

老婆说："那怎么办？"

方山说："三间破草屋，拉倒拉倒。"

老婆说："破家值万贯，拉倒咱住哪？"

方山说："这地洞冬暖夏凉。"

老婆叹息一声，说："真成了耗子了。"

方山说："你别嘈嘈了，我先去把孩子们转移到地道里来。"

老婆说："我……怕要生了……"

方山这才注意到老婆满脸汗水，腿间流出鲜血。他兴奋地说："你你你，你麻利着点，生个儿子，给他们一个沉重打击。"

　　老婆说："他爹，我感到不大好，往常生她们时，都没流这么多血……"

　　方山说："那一定是个男孩了！"

　　老婆说："你别走……帮帮我……"

　　"女人生孩子，瓜熟蒂落，自然现象，帮什么？"方山嘴里说着不帮，但还是把老婆扶到麦秸草上躺下，帮老婆脱了裤子，他看到老婆圆溜溜的青肚皮上那两个红漆大字"儿子"，忍不住笑起来。

　　老婆喘息着，骂道："死鬼，我都这样子了，你还笑……"

　　方山指指老婆肚子上的字，说："看到儿子，怎能不笑？"

　　老婆突然挣起来，扯过方山的手脖，狠劲儿咬了一口。

　　方山疼得嗷嗷叫，抚着流血的伤口："你还真咬？"

　　老婆说："每次都是我淌血，这次也让你淌点血。"

　　方山说："好老婆，你抓紧时间生，我上去把女儿们救下来，别被那些家伙拉倒房子砸死她们。"

　　老婆哀求着："好方山，你别走，我试着不好……
八成是你上次用铁钩子取环时把我的子宫钩坏了……"

　　"你别胡思乱想，我的技术绝对没问题。"方山说
着，不理老婆哼唧，朝通往家院的地道口爬去。

　　地道中浓烈的土腥味令他陶醉，正是这种对土腥味
的迷恋促使他夜间疯狂地挖掘地道，起初自然是为了老
婆挖掘，后来则纯然是为了自己挖掘。在那些日子里，
他拖着死鱼样的身体从田野里归来，极度疲倦，仿佛躺
下就会死去，但只要到了地道的挖掘面上，他立刻变得
精神百倍，周身充满力量。他挖掘地道使用的工具是两
把短柄的小镢头。他挥舞着小镢头，让纷纷落下的新鲜
黄土落在自己的脑袋上、嘴巴里和赤裸的身体上。在漆
黑的地道里，他的眼睛亮晶晶的，能毫不费力地看清黄
土落下的情景，能看清镢头在土层上砍出的光滑痕迹，
如果不是为了老婆，他不会在地道里放上灯盏，更不会
花掉好几块钱去买只袖珍手电筒。挖掘地道时挖出的新
鲜草根是他的美味佳肴。寻找新鲜草根也是他挖掘地道
的动力。他沿着地道爬行，四肢灵活，脑袋里有流水的
感觉。

　　他站在洞口，透过铁锅上的破洞看到了一块玫瑰花朵般艳丽的天空。只要呆在地道里，他的感觉器官便特别灵敏。他曾想过自己也许真是耗子转世。

　　他听到郭主任正在严厉地询问自己的女儿。

　　女儿坚定地按照他教的话回答郭主任。

　　他听到郭主任指挥人把三个女孩抱到屋外去。

　　他听到三个女儿一齐用利齿咬破了那些人的手。

　　他得意地笑起来。

　　他听到郭主任骂：真是一窝耗子！拖拉机，拖走，今日说什么也要把耗子窝捣了。

　　他听到女儿们哭叫着被拖走了。听到拖拉机响。听到钢丝绳套住了房子。听到郭主任发号施令。听到一声巨响。

　　头上的铁锅被倒塌的墙壁砸破，碎砖烂土哗哗落下，他急忙倒退到地道里去。

　　他心里感到很轻松。

　　方山爬回大洞，看到老婆膝间多了一个蠢蠢欲动的肉蛋子。他冲上去，一眼就看见了那肉蛋子双腿间凸着一个花生米大的肉芽芽。

　　"儿子！儿子！"方山喊叫两声，突然感到牙齿发痒，便用嘴啃了一口洞壁上的硬土。他一点不感到牙碜。他感到泥土像酥油。

　　他从老婆的包袱里找出剪刀，剪断了婴儿的脐带。他拍拍老婆的脸，说："真是好老婆。"老婆翻动着灰白的眼珠看着他。他用一张草纸擦净婴儿脸上的血迹，看到这个小东西跟自己一样生着尖嘴巴大耳朵。他用一块包袱皮包起婴儿，说：

　　"老婆，我们胜利了！"

（一九九一年）

# 地　震

蒋四亭捆完了瓜田里最后一棵枯萎的西瓜秧，直起腰，抬头看了一下天。初秋的正午阳光明媚而强烈，湛蓝的天空比夏天时高了许多，有一些大团的白云急匆匆地奔驰着，投下一些飞快滑动的暗影。热热闹闹的西瓜季节过去了，瓜农们的腰包里都有一些皱皱巴巴、充满酸臭气息的钞票，腰杆子显得比春天时直溜了一些。惟有蒋四亭的腰直不起来。他用半握的拳头捶打着酸麻胀痛的腰部肌肉，叹息一声，抱起那颗最后的落秧西瓜，心事重重地往家走。

临近村头时，外号"花猪"的中年男人问他："蒋大叔，大志兄弟的研究成果什么时候见报？"

他从"花猪"油滑的脸上读出讥讽来，便冷冷地回道："总有那么一天，你会后悔今日说的话。"

"花猪"道："大叔，我可没有瞧不起大志兄弟的意思，我跟他从小同学，我知道他有天才。"

蒋四亭说："谁知道你是什么意思！"说完了话，他不去理"花猪"。抱着那个青油油的小西瓜，朝自己家里走。他听到"花猪"在背后说："爷儿两个都成了神经病。"

"他爹，"蒋四亭的老婆愁苦地说，"我端详着咱孩子不大对劲儿，一天到晚关在屋里，嘴里神念八语的，也不知说些什么，人家都说他得了神经病……"

"胡说，"蒋四亭放下西瓜，压低嗓门训斥老婆，"别人糟蹋大志，是他们看着咱孩子有出息妒忌，咱自己怎么也糟蹋孩子？"

"你这个老东西，"老婆说，"我能不巴望咱儿好？我是说旁人说……"

"旁人说什么，咱不能去堵住人家的嘴，"蒋四亭说，"要紧的是咱自己，不能怀疑儿子。"

"我也没怀疑，"老婆说，"千万斤的西瓜，都让他给剁烂了，我不是半句也没抱怨吗？"

蒋四亭说："不抱怨就好，舍不得孩子套不住狼，何况几个西瓜。等咱孩子把事弄成了，咱就不用种地了，到时候气死那些说风凉话的东西。"

老两口子正说着话，蒋大志从里屋走出来。他面色苍白，头发蓬着，衣衫不整，院子里的光线使他眯缝起眼。他用手掌遮住阳光看了看天，然后急匆匆地转到猪圈墙后小解。回来后，不跟爹娘打招呼，就要往屋里钻。蒋四亭说："大志，你慢点走，我有话跟你说。"

蒋大志停住脚，问："爹，你快点，我正忙着哩。"

四亭道："再忙也听我说几句。"他指着那个青翠的西瓜："这是咱瓜地里的最后一个瓜了，我抱回来，让你研究。"

大志趋前一步，屈起中指，敲了敲西瓜，自言自语地说："只要给我足够长的杠杆，我就能移动地球！"

四亭道："还要什么杠杆，我一只手从地里抱来家的。"

大志道："爹，你是犯了偷换概念的逻辑错误。"

四亭道："儿呀，你别给爹撇文喽，爹不明白。爹想跟你说，你那东西要是捣弄得差不多了，就该拿出来显显世，堵堵外人嘴。你憋在家里听不到风，风言风语可不少啊！"

大志道："如果没人风言风语，那才叫奇怪呢！他们说我得了神经病，说我想入非非，说我异想天开对不对？爹，倒回一百年去，要是有人说坐着飞船上了月亮，谁会相信？但是现在人上了月球。当年老伽利略说地球围绕着太阳转动，教会架起火来要烧死他，他却说：它依然在转动！爹，科学上的任何一次革命都是一些被人骂为疯子的人搞出来的，许多人为此甚至牺牲了性命，爹、娘，想想那些伟大的先驱，想想你们的儿子研究课题的伟大，牺牲几个西瓜算什么？别人说几句风言风语又算什么呢？"

大志一席话，说得蒋四亭眼泪汪汪，他激动地说："儿啊，俗话说得好，'知子莫如父'，别人不相信你，是他们'狗眼看人低'，爹相信你，只要你能把事情弄出来，别说剖几个西瓜，就是卖房子卖地，爹也不会犹豫。"

大志的娘也被煽动起昂扬情绪，她双手捧起那个落秧子西瓜，说："儿啊，别说话耽误工夫了，这是咱家瓜地里最后一个瓜，你快抱去研究吧。"

大志也很激动，苍白的脸上泛起几片红，他接过西瓜，说："爹，娘，你们是我国农民中思想最解放、行为最果断、风格最高尚、最具远见卓识、最少保守思想的、空前的杰出代表，能给你们做儿子是我的最大幸福，将来有一天，你们的名字将被铭刻在高大的纪念碑上。"

四亭说："儿，研究吧，咱家的西瓜虽然没有了，爹准备把圈里的猪卖了，买西瓜供你研究，卖猪的钱花光了，爹再去卖牛，卖完了牛就卖鸡，管什么都卖光了，爹就豁出老命去卖血。"

大志嘴唇颤抖着，抱着西瓜跑到屋里去了。

老蒋肚子饿了，吩咐老婆拿饭吃。老婆端出一摞粗面饼，一碟子萝卜咸菜，放在锅台上。老蒋咬了一口粗面饼，感到粗涩难以下咽，有些不满意地瞟了老婆一眼。他老婆同样不满意地瞟了他一眼。这时，他就想起那上千个被儿子剁烂的西瓜。他意识到这些想法与儿子给自己下的断语相差甚远，便大口地咽粗面饼吃萝卜咸菜，借以驱散卑俗，走向高尚与伟大。

"爹，娘，你们跟我来。"蒋大志对正在伸着脖子吃饼的爹娘招招手，神秘又严肃地说。

蒋四亭扔掉手中的饼，扯了一把欲张嘴问话的老婆，老两口子尾随着儿子，进入那间"实验室"。

"实验室"前窗户上挂着一条破被套，后窗户上糊着几层旧报纸。一盏煤油玻璃灯放射着昏黄、柔弱的光线。屋子里一股霉变味儿。蒋四亭身上冷飕飕的，仿佛进入了传说中的森罗宝殿。他看到儿子房间的墙壁上画着一些图画，闪闪烁烁的，看不清楚。

儿子站在摆放着煤油灯的桌子旁边，用一根撑蚊帐用的小竹竿，指指墙上的图画，说："爹，你看不明白吧？"

老蒋把头摇得像货郎鼓一样，连声说："看不明白，看不明白……"

"娘你呢，看明白了吗？"蒋大志又问。

老太婆眯着眼，打量了一会儿，怯怯地说："儿啊，我瞅着你画了块西瓜地。"

蒋大志说："也可以这么说吧！"

老蒋道："我也早看出来像块西瓜地，这些圆的是西瓜，这长的瓜蔓，这些弯弯曲曲的是瓜须子……但我猜想这不会是西瓜地，你闲着没事画块西瓜地干什么？"

大志道："爹，这像块西瓜地，但的确不是西瓜地。这是我画的太阳系结构图。你们看，这是我们居住的地球，这是火星，这是木星……星球之间的藤蔓，实际上就是使它们维持平衡的引力。西瓜的大小、形状，主要是由西瓜在藤上的位置决定的；同理，星球的大小、形状、转速以及诸如地震、火山喷发、山呼海啸等等现象，也都是由连结着星球的藤——引力——决定的。当然，实际的道理要比这复杂一万倍，我说了你们也听不明白。"

老蒋胆怯地问："儿啊，那些像西瓜叶子的东西是什么？"

大志说："那是正在形成的新星球。"

老蒋又问："儿啊，没听说西瓜叶子能长成西瓜呀。"

大志说："爹，你这问题问得好。你知道吗？很多植物的果实，就是由叶子进化而成。你切开西瓜，没看到里边有许多筋筋络络？那筋筋络络，原来就是叶子的筋筋络络呀。"

老蒋困惑地摇摇头。

大志道："爹，你来看张图片。"

老蒋看儿子挂起一张图片，听到儿子说："爹，这是卫星拍摄的地球照片，你看像不像个西瓜？"

老蒋不敢说话，小蒋用竹竿指点着说："这是北极，往外凸着，正是瓜蒂连结瓜蔓的地方；这是南极，往里凹着，正是落花坐果的痕迹。"

老蒋说："我明白了。"

大志放下竿，手按着桌子上的西瓜，神色庄严地说："爹，娘，叫你来，是想告诉你们一件大事！"

"儿啊，什么大事？"老两口子一起问。

大志把那颗西瓜往前推了推，拿起一枝削得溜尖的铅笔，指着瓜上一点说："爹，娘，你们看，这一点，就是咱村所在地，当然，咱村在地球上的比例，比这一点还要小许多许多。根据我的推算——"他指指桌上一大堆纸张，"由于连结着太阳瓜的主藤和蓬勃发展的月亮藤的相互作用，地球瓜上的一点将发生强烈变化，这变化就是一场大地震，时间在十月一日前后。"

"儿啊，怎么办？"老婆子惊呼。

老蒋道："别急，听孩子说。"

小蒋道："根据我的推算，这次地震的中心，是以我们村为中心点的方圆五十里的地盘。地震过后，这里的房屋将全部倒塌，地面上将裂开一条五百米宽的大沟，沟深得望不到底，往外涌带油花子、散发硫磺味道的黑水……"

"儿啊，快逃命吧！"老婆子说。

"别急，听儿子的。"

大志道："爹，娘，我想咱赶快分头通知乡亲们，让大家赶快转移到安全地带，今天是九月十日，还有半个多月的安全期，来得及。"

老蒋道："不能告诉他们，尤其不能告诉那些用冷言冷语讥笑过我们的人，砸死他们活该！"

大志道："爹，这就是你的不对了。乡亲们待咱们好不好，那是小事，可这逃脱地震却是性命攸关的大事情。要是全村人都砸死了，剩下咱一家三口有什么意思？”

老蒋道：“儿啊，你说得对。爹刚才说的是气话，几百口子性命，不是闹着玩的。”

大志说：“爹，事不宜迟，你和娘分头通知乡亲们去吧，让他们至迟在五天之后离开村庄，向西南方向迁移，走得越远越安全。”

老蒋道：“大志，我把嘴唇都磨薄了，可是没人听你的话。”

老蒋婆道：“儿啊，咱尽到了心，他们不走咱就走吧！”

大志道：“爹，娘，这样吧，你们把家里值钱的东西收拾收拾，套上牛车拉着，随时准备走，我亲自出马去劝他们。”


傍晚时，老蒋家的场园上燃起了一把熊熊大火，我们提着水桶冲去救火，到那儿一看，见我们的老同学天才蒋大志站在火堆旁边，明亮的火焰照耀着他仿佛全身透了明。

他大声说：“乡亲们，老同学们，火是我点的，不用救了。"

他点燃的是自家的麦草垛。燃烧着的麦秸草发出噼噼啪啪的声音，好像十几串鞭炮在同时爆响。烈火生旋风，他的衣服和头发在风中飘扬，好像整个人都随时会飞起来一样。

"大志，你这是干什么？"我们疑惑地问。

"乡亲们，老同学们，"蒋大志挥舞着双臂，灼热的气流冲激着他透明的身体，使他像一块浅黄色的松香，随时都会燃烧，随时都会熔化，他的脸上流着亮晶晶的液体，大声喊叫着，"听我的话吧，赶快收拾收拾，朝西南方向逃命，十天之后，这里将是一片废墟，地将开裂，涌出黑水……"

我们蓦然想起在小学课本上学到的猎人海力布的故事，海力布为了劝说乡亲们逃离险境，最后变成了石头，蒋大志呢？他是不是想投身火海？

"大志，背井离乡，抛家舍业，这可不是一件小事情，"我们问他，"你有把握吗？"

他斩钉截铁地说："我有绝对的把握！乡亲们，把眼光放远点，留得青山在，不怕没柴烧。快回家收拾收拾，跟我走吧。"

我们回头望望被深沉的暮色笼罩着的家园，心中涌起难以割舍的眷恋之情。

"大志，到了那几天，我们搬到田野里去住行不？"我们问。

他悲哀地垂下头，停了一会儿，扬起挂满泪花的脸，说："乡亲们，老同学们，难道非要我跳进火堆里你们才肯走吗？"

"你千万别这么想，"我们感动地说，"你这番好心我们深领了。我们想，这山崩地裂，是天神爷爷地神奶奶的事，连国家科学院都不敢打保票，万一……不是我们信不过你……"

"乡亲们，老同学们，"他难过地说，"那就随你们吧，记住，十月一日前后三天，万万不可在屋子里呆着……后会有期……"

他大哭着走了。

我们的眼里也盈满泪水。


当天夜里，老蒋家赶着牛车上了路。我们齐集在街上为他们送行。不习惯夜路的老牛走起来摇摇晃晃像个醉汉，崎岖不平的街道使牛车发出嘎嘎吱吱的响声。老蒋两口子坐在车上，拥着铺盖抱着鸡，蒋大志提着马灯牵着牛，慢腾腾地走出村去。我们目送着那盏昏黄的灯光，耳听着嘎吱吱的车声，灯光愈来愈暗，车声愈来愈弱，终于全部消逝。我们默立在昏暗的街道上，感到十分空虚。

　　十几天后，我们都搬到田野里去躲避灾难。秋天的凉风寒露让村里半数以上的人患了感冒。起初没有怨言，后来怨言渐多。都说蒋大志是不折不扣的神经病，都庆幸没有听他的鬼话抛家舍业去逃难。过了十月二日，大多数的人都回家睡觉去了，只有我们几个老同学还强迫着老婆孩子们与我们一起野营。连老婆孩子也嘲笑我们，说我们和蒋大志一样中了魔怔。我们坐在一起，抽着烟，看着满天闪烁不定的星斗，听着秋风吹拂晚熟的庄稼叶子的飒飒声，也渐渐地悟到了这事情的荒唐。我们决定，立即回家去，不再傻乎乎地遭罪了。我们牵着牛，领着狗，抱着孩子，心情古怪地往村子里走。

临近村头时，"花猪"说："地震！"

我们停住脚，用心体验着。远处传来火车鸣笛的声音。后来便沉入死样的寂静。正南方有一片闪闪的光芒，"花猪"说："地光！"

其实那是胶州城的万家灯火。

"花猪"发誓说他真的感觉到地皮颤抖了几下，大家都拿他取笑，说他将继承蒋大志的事业，把地震预报搞下去。


蒋大志一家今夜宿在什么地方？

"大志，"老蒋不耐烦地说，"过了十月一日三天了，地怎么还不震？要是不震，你让我怎么回去见人？"

蒋大志的娘沿途受了风寒，躺在车上连声咳嗽着、呻吟着。老蒋捶打着她的背，她吐了一口痰，喘息着说："回家……回家……"

蒋大志就着马灯的昏黄光芒埋头计算着，几天的工夫，他又瘦了许多。在父母的嘟哝、埋怨声中，他抬起头来，痛苦万分地说：

"错了，我计算错了……"

"花猪"拿着一个半导体收音机冲进来，大声说：

"听广播没有？秘鲁发生六级地震，就是昨天夜里我感到地震那会儿。看起来蒋大志那小子并不完全是瞎说。"

# 天　才

　　蒋大志少时，被村里的尊长、学校里的老师公认为最聪明的孩子。他生着一颗圆溜溜的脑袋，两只漆黑发亮的眼睛，一看模样就知道是个天才。那时候，老师夸奖他，女同学喜欢他，我们——他的男同学，总感到他别扭，总是莫名其妙地恨他——现在，我们知道了那种不健康的感情是嫉妒。老师常常骂我们的脑袋是死榆木疙瘩，利斧劈不开一条缝，要我们向蒋大志学习。我们的一位叫"花猪"的同学反驳老师：蒋大志的脑袋跟我们的脑袋不一样，让我们怎么学？难道让爹娘重新回我们一次炉吗？"花猪"的话把那位外号"狼"的老师逗笑了。"狼"看看蒋大志那颗在一片脑袋中出类拔萃的脑袋，叹一口气，说：是不能学了，你们也无法回炉——出窑的砖，定型了。我们回家把"狼"的话向家长转述了，家长们也只好叹息。

从此以后，"狼"便把大部分精力倾注到蒋大志身上，对我们这些蠢材放任自流。蒋大志也不辜负"狼"的期望，先是在地区小学生作文比赛中获得一等奖，继而又写了一篇题为《地球是颗大西瓜》的科幻文章，在《小学生科技报》发表了。这件事引起了很大的轰动，成了村里人半个月内的主要话题。蒋大志的爹蒋四亭也兴奋得要命，逢人说不上三句话就扯出儿子的话头来。后来，人们一见他的面，索性劈头便说：老蒋，你这个儿子是怎么做出来的？把秘诀传传，我们也去做个天才。老蒋听不出人们话语中的讥讽之意，反而十分认真地说：哪里有什么秘诀？一样的父精母血，一样的炕东头滚到炕西头，要说有什么，就是这孩子生下来就睁着眼。老蒋还说，如果吃得好一点，蒋大志还要聪明。听话的人说：老蒋，别让你儿子再聪明了，他要再聪明俺那些孩子就该捏死了。

我明白了蒋大志的聪明与他那颗大脑袋有关后，就开始酝酿一个阴谋。"花猪"是主要的策划者。我们的目的是打坏蒋大志的脑袋，但又不能被"狼"发现。有人提议夜晚把他骗出来，从后脑勺上给他一闷棍；有人提议放学后躲到胡同里，当面给他一砖头。这些办法都被"花猪"否定了，说这样搞非倒大霉不行。"花猪"想了个办法：拉蒋大志打篮球，用篮球砸他的后脑勺，第一是不破皮不出血，"狼"抓不到把柄；第二可以把事情解释成传球失误。这办法赢得了我们的一致喝彩。我们说："花猪"你才是真天才呢，蒋大志会写几篇破作文算什么天才？

有一天上体育课，"狼"照老例给我们一个篮球，让我们到球场上去胡闹。球场上坑坑洼洼，碎砖烂瓦到处可见，球场边上有一棵槐树，树干上绑一个铁圈，就算篮筐。女生们在一起玩跳绳、跳方、踢毽子，男生在一起抢篮球，嗷嗷叫着跑了一阵子，"花猪"挤挤眼，我们会意，故意拥挤在一起，把蒋大志推来搡去，先把他搞得晕头转向，然后，不知是谁冷不防扬起两把浮土，大喊着：地雷爆炸了。浮土迷了许多人的眼，当然蒋大志的眼迷得最厉害。我看到篮球传到"花猪"手里，他双手抱球，举到头上，铆足了劲，对着蒋大志的后脑勺子砸过去。砰！篮球反弹回去，蒋大志就地转圆圈。我们叫着追篮球去了。蒋大志一个人站在那儿哭。

事后，大家都担心蒋大志向"狼"报告。"花猪"跟我们几个骨干分子订立了攻守同盟。我们等待着"狼"的惩罚，每天上课时都提心吊胆。但什么事也没有发生。我们继续蠢笨，蒋大志继续聪明。

几年之后，我们毕了业，很自然地回家种庄稼做农民，只有蒋大志一个人考到县一中去继续念书。我们与蒋大志拉开了距离，那种莫名其妙地恨人家的感觉无形中消逝了。当我们趁着凌晨水清去河里挑水时，经常能碰到蒋大志背着书包、口粮匆匆往学校赶。我们很恭敬地问候他，他也很礼貌地回答。我记得那时他的脸很苍白，神情很悒郁，走起路来飘飘的，好像脚下没有根基。

又过了几年，听说他考上了大学，而且还是很名牌的大学。我们听到这消息，一点儿也不感到吃惊。我们感到这是应该发生的事情，蒋大志有那么大、那么圆的脑袋，他不去上大学，这个世界上谁还配上大学呢？

好像是在一个阴雨连绵的夏季，我、"花猪"等人在河堤上守护堤坝。河里水很大，淹没了桥梁，但决堤的危险是不存在的，所以我们坐在河堤上下五子棋玩。蒋大志的爹找到我们，说蒋大志放暑假回来了，被河水隔在了对岸，刚才乡政府摇电话过来，让我们绑几个葫芦渡他过来。我们很爽快地答应了。

渡他过河后，他穿着一条裤头站在河堤上发抖，周身的皮肤土黄色，一身骨头，显得那头更大。我们不约而同地想起在篮球场上算计他的事，都觉得心里愧愧的。

"花猪"说：兄弟，当年我打了你一球，原想把你的天才打掉哩。

他笑着说：真要感谢你那一球呢，你那一球把我打成天才了。

"花猪"问：哪有这样的事？

他说：你们等着看吧。

我问：兄弟，你在大学里学什么呢？

他说：大学里学不到什么，我正准备退学呢！

我说：使不得。兄弟，你是咱村多少年来第一个大学生，大家都盼着你成大气候呢。你成了大气候，我们这些同学也跟着沾光。

他摇摇头，显然是走神了。

我们听到蒋大志退学回家的消息，都大吃了一惊。多少人想上大学去不了啊！吃惊之后，我们也感到惋惜，像我们这些蠢猪笨驴，在庄户地里翻土倒粪，原是生就的骨头长就的肉，命定了。但你蒋大志长了颗那样的脑袋，在庄户地里不是白白糟蹋了吗？我找到几个当年合谋陷害蒋大志的同学，想一起去劝劝他。我们想，书念多了的人，有时也会犯糊涂，他哪里知道庄户地里的厉害？要是真有十八层地狱，庄户地里就是第十八层了！权贵人家的狗，也比我们活得舒坦。

我们推开他家的栅栏门，一条尖耳朵的小黄狗摇着尾巴欢迎我们。他家的四间瓦屋还算敞亮，满院子向日葵开得正热闹。我们才要喊，他的爹已经出来了。他压低了嗓门问：你们有什么事？

"花猪"说：听说大志兄弟退了大学，我们想来劝他，让他别犯糊涂。

他爹摇摇头，说：我和他娘把嘴唇都磨薄了！这孩子，从小主意大，认准了理儿，十头老牛也拉不回转。

我说：我们不忍心看着他这样把自己的前程糟蹋了，劝劝，兴许劝回了头。

他爹说：各位大侄子，不必费心了，任由着他折腾去吧。

"花猪"说：不行，我们不能眼瞅着他把自己毁了。咱这个穷村子，五辈子就出了这么个大学生。

我们正吵嚷着，蒋大志从屋里出来了。他弓着腰，脸色蜡黄，一副大病缠身的样子。他摘下眼镜，在衣襟上擦擦，戴上，对我们说：

各位老同学，你们的话，我都听到了。

我们刚要劝说，他伸出一只手，举起来，晃晃，说：老同学们，你们知道唐山大地震吧？

"花猪"说：怎么能不知道！唐山地震那会儿，俺家的房梁还咯嘣响呢。

他问：你知道唐山地震死了多少人吗？

我们不知道。

他说：唐山地震死了二十四万人。这还算少的呢，一五五六年陕西大地震，死了八十三万人。还有日本大地震，智利大地震，死人都在十万以上。

我们说：我们想来劝你回去念大学哩，你给我们说地震干什么？

他说：老同学们，你们不知道，我们这个地区，处在地震活跃带上，随时都有可能爆发大地震。

"花猪"说：那你更不应该回来了。真要来了地震，砸死俺这样的，给国家省粮食，减人口，死一个少一个，砸死你可不得了，你是有用的人，不能死。

他说：老同学，要是家乡的人都砸死，我当了国家主席又有什么意思？我退学回来，就是为了研究地震预报。

我说：这事儿国家还能不搞？

他摇摇头，说：我去参观过他们的设施，那些东西，根本不灵。当然，更落后的，还是他们的观念。他们的地震理论的大前提是根本错误的，所以，他们研究手段愈先进，他们背离真理就愈远。这与"南辕北辙"是一个道理。

我们迷茫地看着他。

他很无奈地说：我看出来了，我说的话，你们既不相信，也不明白。他指指自己的脑袋，说：你们不相信我，总该相信它吧！

他的衣襟上沾满了红蓝墨水，他的脑袋上，似乎冒着缭绕的白气，那不是仙气又是什么？我们心中的敬畏油然而生，嘟嘟哝哝地说着：兄弟，我们相信你，你研究吧，有什么活儿要干，就跟我们打个招呼。我们倒退着离开他的家门。

河边的沙地上，种着一望无际的碧绿的西瓜。这是鲁迅先生用过的句子，我们在小学生语文课本上读到过的。瓜田有张三家的，有李四家的——几乎家家都有一块。我们这地方的土质最适合种西瓜。这里的西瓜个大皮薄，脆沙瓤儿，屈指一弹，便能爆裂。家家的瓜田里，都有一个瓜棚，远看像一座座碉堡。蒋大志退学之后，在家猫了一冬，我们不敢去打扰他，见面问他爹，他爹说他没日没夜地写、画。我们问他写什么？画什么？他爹说写一些弯弯曲曲的外国字，画一些奇形怪状的科学画。这小子，他爹不无自豪地说，没有干不成的事，这小子，没准真能下出个金蛋呢。

开春之后，我们有一半时间泡在西瓜地里，眼见着西瓜爬蔓、开花、坐果。当小西瓜长到毛茸茸的拳头大时，蒋大志出现在他爹的瓜地里。半年多没见，他脸更白，眼更大，瘦弱的身体，似乎已承担不了脑袋的重量。我们原以为他是出来看风景呢，没想到他是来搞研究呢。

他拿着一个放大镜，跪在他爹的西瓜地里，照完了瓜秧照西瓜，翻来覆去地照，一照就是一上午。河里水明光光的，他的头也是明光光的。我们想他是不是不研究地震而研究西瓜了？研究课题的转变使我们高兴，他如果能研究出西瓜的新品种，栽培的新技术，对我们大大地有利。我们不敢直接问他，间接地问他爹，他爹说他也不知道。那时候他爹还是幸福的，天气略有些干旱，正适合西瓜生长。在长势良好的西瓜地里，还成长着一个即将震惊世界的儿子，老头怎能不幸福？

他的娘有时把午饭送到地里来。老太婆看到儿子脑袋上亮晶晶的汗珠和满身的尘土，忍不住地说：儿啊，歇会儿吧，让你那个脑袋瓜子歇会儿吧。

他的刻苦精神让人感动，我们通过他认识到：当个科学家比当农民还要艰难，当农民是要出大力流大汗，但干完了活跳到河里洗个澡，躺在四面通风的瓜棚里睡一觉，享受的也是人间至福。可是我们在瓜棚里吹着凉风睡觉时，科学家还跪在西瓜地里冥思苦想。时间一天天熬过去，西瓜一天天长大，我们眼见着他瘦。他的身子快成了瓜秧，脑袋不见瘦，快成了西瓜。我们劝他爹：大叔，让大志兄弟歇会儿吧，他那膝盖上，是不是扎了根？这样下去，你儿子就变成一颗西瓜了。

布谷鸟飞来又飞走。槐花盛开又凋落。麦子熟了。西瓜长得比蒋大志的脑袋还要大了。天气热了。有一天，忽喇喇一个闪，喀隆隆一个雷，第一场雷雨下来了。雨点中夹杂着一些花生米大小的冰雹。我们都躲在瓜棚里避雨。科学家还跪在西瓜地里，擎着头，直瞪着眼，思考着最最深奥的大问题。西瓜叶子被风吹着，翻卷出灰白的、毛茸茸的叶背，闪出了满地油滟滟、圆溜溜的大西瓜。稀疏的冰雹打穿了一些西瓜的叶片，也在西瓜上打出了一些伤痕，我们有些心疼。但我们更心疼正遭受着风吹雨淋雹打的科学家的脑袋。稀疏的头发淋湿后紧贴在头皮上，更像西瓜了，冰雹打上去，洁白地、亮晶晶地弹跳起来，落在一旁。我的瓜棚离他爹的瓜棚最近，我大声喊：蒋大叔，你难道不想要这个儿子了吗？

他的爹冒着风雨跑到我的瓜棚里来，浑身哆嗦着，眼泪汪汪地说：怎么办？怎么办？他说了，天上下刀子也不要打扰他，他思考的问题已到了最关键的时刻，今天是最后解决的时间了……

我说：也不能眼睁睁地看着他被雨淋死呀。

我们拿着斗笠、蓑衣，走到科学家身边，似乎听到了他脑袋里发出隆隆的响声，这是一台伟大的思想机器在运转。我试探着用食指戳了一下他的肩膀，感觉到了冰冷和僵硬。不好，大叔，你儿子已经冻僵了。

我们往他的嘴里灌了姜汤，又用烧酒搓了他的全身。他灰白的肉体上渐渐涸出了一些粉红的颜色，凝固了的眼珠慢慢地转起来。

他试图站起来，但分明是没有力气。他的眼睛里闪动着满天飞舞的鸟儿也许才有的兴奋，他哆嗦着嘴唇说：

伙计们，我想明白了！

说完了这句话,科学家一头栽倒。伸手试试他的额头,老天爷,烫得像火炭一样。我们从瓜棚上拆下一面门板,几个人抬着科学家,涉过河水,跑到了乡卫生院。

头批西瓜摘下来时,科学家出院了。我们齐集在他爹的瓜棚里,等待着他向我们宣布他的思想成果。

他双手端着一颗大西瓜,气喘吁吁地说:

兄弟爷们儿们,老同学们,我知道这个问题很复杂很深奥,三言两语说不清楚,我尽量地把问题简单化,形象化,便于你们理解:通过观察研究,我发现:西瓜的生长发育过程,与地球的生长发育过程完全一致,西瓜是一个缩小的地球,或者说,我现在双手端着一个缩小了无数倍的地球……因此,研究西瓜就是研究地球,解剖西瓜就是解剖地球,我已经明白了地震的生成原因,我已经能够准确地预报地震……

他把西瓜放在木板上,从铺下抽出明晃晃的瓜刀,嚓,把西瓜切成两半,指点着那些红瓤黑籽筋筋络络对我们说:

瞧，这是地壳，这是地幔，这是地核，这是灼热的岩浆，这是移动的板块……

我们呆呆地看着他。他宽容地笑了，把那颗熟透的西瓜一阵乱刀剁成了无数小块，分给我们，说：你们一定在想，这小子是不是神经病？我不怪罪你们。吃西瓜，尝尝新鲜，尝尝我爹的劳动成果。

我们捧着那一牙西瓜，感到非常非常沉重，这是一部分地球呀，也许这一牙西瓜上，就有半个中国，这上边有大城市、大森林、大沙漠、大海洋、大雪山……

我们胆战心惊地咬了一口红色的瓜瓤——他说，这是岩浆——我们感到今年的地球成色很好，冰凉的岩浆水分充足，又沙又甜，进口就能溶化……

他说：你们为什么不反驳呢？你们应该问我，蒋大志，我问你：如果西瓜代表地球，那么地球上的海表现在西瓜的什么位置上？长江在哪？黄河在哪？喜马拉雅山在哪？哪是北京哪是华盛顿？西瓜长在瓜秧上，地球呢？是不是也结在一棵秧上？太阳系是一片西瓜呢还是一颗西瓜？宇宙中是否布满四维爬动的西瓜藤？这个枝丫里结着一个太阳？那个枝丫里结着一颗月亮？……你们为什么不问呢?

我们捧着地球皮更加发呆,每个人都感到脑袋发胀,那么多的星球在我们的脑袋里像西瓜一样碰撞着,翻滚着,我们头痛欲裂,脑浆子变成了灼热的岩浆……

他悲哀地看着我们,咬了一口岩浆,吐出一块地幔,扔掉一块啃完的地壳,说:我知道,你们不需要我的解答了。但是,兄弟们,爷们儿们,人类们,我是爱你们的……

从此之后,我们再也无法安宁,尤其是夜晚在瓜棚里看瓜时,抬头看到满天的星星,低头看到遍地的西瓜,就感到一种巨大的恐惧,无数疑问像成群的蚂蚁一样在脑子里爬:西瓜是地球,瓜叶是什么?瓜花是什么?瓜子是什么?玉米是什么?大豆是什么?吃瓜的獾是什么?沙地是什么?尿素化肥是什么?……人又是什么?

(一九九一年)

# 良　医

　　那时候高密东北乡总共只有十几户人家，紧靠着河堤的高坡上，建造着十几栋房屋，就是所谓的"三份村"了。村名"三份"，自然有很多讲说，但本篇要讲治病求医的事，就不解释村名了。

　　却说我们这"三份村"里，有一个善良敦厚的农民，名叫王大成。王大成的老婆没有生养，老两口子过活。这年秋天，雨水很大，河堤决了口。田野里一片汪洋，谷子、豆子什么的，都涝死了，只有高粱，在水里擎着头，挑着一些稀疏的红米。过了中秋节，洪水渐渐消退，露出了地皮。黑土地上，淤了一层二指厚的黄泥，这黄泥极肥，最长麦子。虽然秋季几乎绝了产，但

村里人也不十分难过，因为明年春季如果不碰上风、
雹、旱、涝，麦子就会大丰收。那时候人少地多、广种
薄收，种地比现在省事得多了。种麦子更简单：一个人
背着麦种，倒退着在泥地里走，随手把麦种撒在脚窝
里，后边跟着一个人，手持一柄二齿铁钩子，挖一点
土，把麦种盖住即可。王大成和他老婆一起去洼地里种
麦子。他老婆踩窝撒种，大成跟在后边抓土埋种。他老
婆自然是小脚，踩出来的脚窝圆圆的，好像驴蹄印一
样。大成和老婆开玩笑，说她是匹小母驴；他老婆说他
是匹大叫驴。两口子说笑着，心里很是愉快。然而世界
上的事，总是祸福相连，悲喜交集，所谓"乐极生悲"
就是这道理。大成和老婆正调笑着，忽觉脚底一阵刺
痛，仿佛被什么东西扎了一下。庄户人家，一年总有八
个月打赤脚，脚上挨下扎，是十分正常、经常发生的事
情，所以大成也没在意，继续与老婆一起点种小麦。晚
上洗了脚上炕，感到脚底有点痒，扳起来看看，见脚心
正中有一个针鼻大的小孔，正在淌着黄水。大成让老婆
弄来一点烧酒，倒在伤口上，便倒头睡了。因为白日里
与老婆调笑时埋下了一些情欲的种子，夜晚又被她扳着

脚涂酒吹气，吹灯之后，便亲热了一番。临近天亮时，大成做了一个梦，梦见自己把一条脚伸到灶下，点火燃着，煮得锅里的绿豆汤翻浪头。醒来后，感到一条腿滚烫，忙叫老婆打火点灯，借着灯光一看，那条腿已肿到膝盖，肿得明光光的，好像皮肉里充满气，充满了汁液。

天亮之后，不能下地了，老婆要去"黑天愁"村搬先生，大成说："我自己慢慢悠逛着去吧。""黑天愁"距"三份"三里路，三里路的两边，都是一个连一个的水洼子。大成的腿不痛，只是肿胀得有些不便，一拖一拖地挪到"黑天愁"，见到先生。先生名叫陈抱缺，专习中医外科，用药狠，手段野，有人送他外号"野先生"。大成去时，"野先生"还在睡觉。大成坐在门口，抽着烟袋等候，一直等到日上三竿，"野先生"起床，大成进去，说请先生给瞧瞧腿。"野先生"皱皱眉头，伸出三个指头搭了搭大成的脉，说："家去吧，让你老婆弄点好吃的给你吃，把送老的衣裳也准备准备。"大成问："先生的意思是说我不中了？""野先生"说："活不过三天了。"大成一听，心里很有些难过，但既然先生这么说了，也只好回家等死。当下辞别了先生，长吁短叹地往家里走。看到道路两边一汪汪的绿水和水中嫩黄的浮萍，鲜红的水荇，心里不由得一阵难受，眼中滚出了一些大泪珠子，心想与其病发而死，不如跳进水汪子淹死算了。边想着边走到水汪子边。水汪子边上有一些及膝高的野草，他一脚踏下去，忽听到下边几声尖叫，同时那伤脚上、腿上感到麻酥酥一阵，低头一看，原来踩中了两只正交尾的刺猬。大成腿上被刺猬毛扎破的地方，哗哗地淌出黄水来。腿淌着黄水，堵闷的心里，立时轻松了许多。于是也就不想死了。他把腿伸到水里泡着，一直等到黄水流尽了，才上了路回家。回家睡了一夜，早晨起来一看，腿上的肿完全消了。三天之后，健康如初的大成去见"野先生"，走在路上想了一肚子俏皮话儿，想羞羞他。一进门，"野先生"劈口便问："你怎么还没死？"

大成把腿伸给"野先生"看着，说："我回到家就等着死，等了三天也不死，特意来找先生问问。"

"野先生"说："天下真有这么巧的事？"

大成问："什么事？"

"野先生"说："你的脚是被正在交尾的刺猬咬死的那条雄蛇的刺扎了，夜里你又沾了女人，一股淫毒攻进了心肾；治这病除非能找到一对正交尾的刺猬，用雄刺猬的刺扎出你腿上的黄水，然后再把腿放在浮萍水荇水里泡半个时辰，这才有救。"

大成愕然，说先生真是神医，便把那天下午的遭遇说了一遍。

"野先生"道："这是你命不该绝，要知道刺猬都是春天交尾啊。"

父亲说，像陈抱缺这样的医生，其实是做宰相的材料，只因为各种各样的原因牵扯着，做不成宰相，便改道习了医。这种人都是圣人，参透了天地万物变化的道理，读遍了古今圣贤文章，几百年间也出不了几个。这样的人最后都像功德圆满的大和尚一样，无疾而终，看起来是死了，其实是成了仙。父亲说陈抱缺一辈子没有结婚，晚年时下巴上长着一把白胡子，面孔红润，双目炯炯有神。每天早晨，他都到井台上去挑水。那时候的年轻人还讲究忠孝仁义，知道尊敬老人，见他打水吃力，便帮他把水从井里提上来，他也不阻拦，也不道谢，只等那帮他提水的人走了，便搬倒水桶，把水倒回井里去，然后自己打水上来，挑水回家。

父亲说越到现代，好医生越少，尤其到了眼下，这几年，好医生就更少了。日本鬼子来之前，还有几个好医生，虽然比不上陈抱缺，但比现在的医生还是要强，算不上神医，算良医。

父亲说我的爷爷三十几岁时，得过一次恶症候，那病要是生在现在，花上五千块，也要落下残疾。

父亲说有一天爷爷正在厢房里弯着腰刨木头，我的三叔跟我的二叔嬉闹，把一块木头弄倒，正砸在我爷爷的尾骨上，痛得他就地蹦了一个高，出了一身冷汗。当天夜里，腿痛得就上不到炕上去了。后来，痛疼集中到右腿上，看看那条腿，也不红，也不肿，但奇痛难挨，日夜呻唤。

我的大爷爷也是一个乡村医生，开了无数的药方，抓药煎给我爷爷吃，但痛疼日甚。大爷爷托人把一位懂点外科的李一把搬来，李摸了摸脉，说是"走马黄"，让抓一只黄鸡来，放在爷爷的病腿上。李说如果是"走马黄"，那黄鸡便卧在腿上不动，如果不是"走马黄"，它便会跑走。抓来一只黄鸡，放在爷爷病腿上，果然咕咕地叫着，静卧不动。直卧了一个时辰。李说这鸡已经把毒吸走了。李又用蝎子、蜈蚣、蜂窝等毒物，制成一种黑色的大药丸子。此药名叫"攥药"，由患者双手攥住。他说此药的功效是逼走包围心脏的毒液。爷爷腿上卧过黄鸡，手里攥过药丸，但病情却日渐沉重，眼见着就不中了。大爷爷眼含着泪吩咐我奶奶为我爷爷准备后事。这时，一个人称"五乱子"的土匪来了。这"五乱子"横行高密东北乡，无人不怕他。他因曾得到过我爷爷的恩惠，听到我爷爷病重，特来看望。

父亲说"五乱子"是个有决断的人，他看了爷爷的病，说："怎么不去请'大咬人'呢？"

大爷爷说："'大咬人'难请，他不治经别人的手治过的病。"

"五乱子"说："我去请吧。"

父亲说"五乱子"转身就走了，第二天就用一乘四人轿把"大咬人"抬来了——"大咬人"出诊必坐四人轿。父亲说"大咬人"是个高大肥胖的老头子，身穿黑色山茧绸裤褂，头戴一顶红绒子小帽。钻出轿来，先要大烟抽。"五乱子"吩咐人弄来烟枪、豆油灯，搓了几个泡烧上，让他过足了瘾。

抽完了烟，过足了瘾，"大咬人"红光满面。"五乱子"一掀衣襟，抽出一支匣枪——腰里还有一支——甩手一枪，把房檐下一只正在结网的蜘蛛打飞了。然后他用青烟袅袅的枪筒子戳着"大咬人"的太阳穴，说："'大咬人'，要坐轿，我雇了轿；要抽大烟，我借来了灯；要钱嘛，我也替你准备好了。这位管二，是我的救命恩人，你仔细着点治。——你咬人，能咬动枪筒子吗？"

父亲说"大咬人"给吓得脸色煞白，连声说："差不了，差不了。"

"大咬人"弯下腰察看爷爷的病情，看了一会儿，说："这是个贴骨恶疽，再拖几天，我就治不了了。"

"五乱子"说："你有把握？"

"大咬人"说："有把握。"

父亲说"大咬人"用手指戳着爷爷的腿说："里边都是脓血，要排脓。"

"五乱子"说："你放心干吧！"

"大咬人"吩咐人找来一根铁条，磨成一个尖，又吩咐人剪来一把空的麦秆草。然后，他挽挽袖子，用铁条往爷爷的腿上插孔，插一个孔，戳进一根麦秆去。绿色的恶臭脓血哗哗地流出来，父亲说爷爷的大腿根处流出的脓血最多，足有一铜盆。排完了脓血，爷爷的腿细得吓人，一根骨头包着皮，那些肉都烂成脓血了。

排完了脓血，"大咬人"开了一个药方，都是桔梗、连翘之类的极普通的药。"大咬人"说："吃三副药就好了。"

"五乱子"问："你要多少大洋？"

"大咬人"说："为朋友的恩人治病，我分文不取。"

"五乱子"说："好，这才像个良医。不给你钱了，给你点黑货吧！"

父亲说"五乱子"从腰里掏出拳头那么大一块大烟土。这块烟土，起码值五十块大头钱。

"大咬人"接了烟土，说："都叫我'大咬人'，我咬谁了？我小名叫'狗子'，就说我'咬人'。"

"五乱子"笑着说:"你真是条好狗!"

父亲说爷爷吃了"大咬人"三副药,腿不痛了。又将息了几个月,便能下地行走;半年后,便恢复如初,挑着几百斤重的担子健步如飞了。

父亲说,"大咬人"的外科其实还不行,远远比不上陈抱缺。陈抱缺能帮人挪病,譬如生在要害的恶疮,吃他一副药,便挪到了无关紧要的部位上。父亲说,大凡有真本事的人,都是性情中人,有他们古道热肠的时候,也有他们见死不救的时候。越是医术高的人,越信命,越能超脱尘俗。所以,陈抱缺那样的医生,是得了道的神仙,是吕洞宾、铁拐李一路的。像"大咬人"这样的,要想成仙,还要经过不知多少年的苦修苦练才能成。而一般的医生,大不过诊脉能分出浮、沉、迟、数,用药能辨别寒、热、温、凉而已,至于阴阳五行、营卫气血、经络穴道上的道理,百分之百是参悟不透了。

(一九九一年)

# 神　　嫖

　　民国初年，高密东北乡出了一个潇洒人物，姓王，名博，字季范，后人多呼其为季范先生。

　　我的老爷爷十五岁时，就在这位季范先生家当小伙计，所以就有很多有关季范先生的轶闻趣事在我们家族中流传下来，大爷爷对我们讲述这些轶闻趣事时神采飞扬，洋溢着一种自豪感，这自然是因为我的老爷爷给王家当过差。大爷爷每次给我们讲季范先生轶事时，开首第一句总是说：你们的老爷爷那时在季范先生家当差……

　　春光明媚，季范先生要出去春游，吩咐备马。马夫从槽头上解下那匹胖得像蜡烛一样的大红马，刷洗干净，备好鞍鞯，牵到大门口拴马桩旁。季范先生穿着浅蓝色竹布长袍、浅蓝色竹布长裤，足蹬一双千层底呢面布鞋，叼着一根象牙烟嘴，款款地出了门。由我的老爷爷伺候着他老人家上了马。他说走了，我的老爷爷便牵着马缰走。街上人听说季范先生要春游，都跑出家门观看。五里桥下的化子们听到消息，便飞快地通知了住在关帝庙侧草棚里的化子头李子虚。我老爷爷牵着大红马走到关帝庙前，光着脊梁赤着脚的李子虚便跪在了街当中，拦住了马头。

"季范先生开恩吧。"化子头说。

"什么事？"季范先生问我的老爷爷。我的老爷爷说："化子拦路乞讨。"

"告诉他老爷身上没钱。"

"老爷身上没钱。"

我老爷爷大声说。

"季范先生把身上那件袍子赏小的穿了吧。"

"化子要老爷的袍。"我的老爷爷传达着。

季范先生说："这袍子有人喜欢了，我穿着就是罪过，对不对，汉三？"

我老爷爷外号叫汉三，听到东家问，忙说："对对对。"

于是季范先生便在马上脱了长袍，一欠屁股抽出来，扔给化子头李子虚，说："不争气的东西，怎么闯的？连件袍子都穿不上。"

"季范先生，小的脚上还没有鞋。"

于是季范先生又脱下脚上的鞋，扔给化子。

我的老爷爷牵着马往前走，才到狮子湾畔，又一群化子拥出来。

后来，季范先生只穿一条裤头骑在膘肥体壮的大红马上，摇头晃脑，嘴里念念有词，在城东的槐树林子里走。他穿衣戴帽时，显得文质彬彬；脱掉衣服后，露出一身瘦骨头，坐在马背上，活像只猴子。成群结队的孩子在马腚后，嘻嘻哈哈看热闹。季范先生不闻不问，半眯着眼，手捋着下巴上那撮黑胡须，怡然自得。大爷爷说我老爷爷知道季范先生的脾气，便牵着马，专拣树林子茂密的地方走，不一会儿便甩掉了那些胡闹的娃娃。槐叶碧绿，淹没在槐花里，城东的槐树林子有几十亩地大小，槐花盛开，像一片海。槐花有两种颜色，一雪白，二粉红。千枝万朵，团团簇簇，拥拥挤挤。成群结队的蜜蜂嘤嘤地飞着，在花朵上忙碌。城里养蜂人家的蜜几天就要割一次，浅绿色的槐花蜜，只要十几个制钱一斤。老爷爷牵着驮着季范先生的大红马，挤进槐花里，走不快，只能一步半步地挨。沉闷的花香熏得人昏昏欲睡。红马边走边尖着嘴巴揪花叶中那些尚未完全放开的小小的槐叶吃。老爷爷那时矮小，头顶与马腿平齐。他走动在树干间，行动比较自由。马肚子以上的部分他看不完全。季范先生移动在槐花里，像漂浮在白云中。老爷爷从花的缝隙里看到季范先生嘴角叼着一枝槐花，一脸的傻相。大爷爷说每年槐花开的季节，老爷爷与季范先生也都要在槐林里游荡好几天，有时候夜间也不回去。家里人都知道季范先生怪癖，无人敢劝；又知道季范先生乐善好施，人缘极好，也不担心他遭匪。

老爷爷说月亮上来后，花香更浓，一缕缕的清风把香气的幕帐掀开一条缝，随即合拢后香气更浓。银色的光洒在槐花上，那些槐花就活灵活现地活动起来，像亿万的蝴蝶在抖动翅羽，在求偶交配。花在月光下长，像云在膨胀，这里凸起来，那里凹进去，一刻也不停顿地变幻，像梦一样。红马的皮毛在槐花稀疏的地方偶一闪现，更像宝物出了土，放出耀眼的光来。蜜蜂抢花期，趁着月光采花粉，星星点点地飞行着，像一些小金星。老爷爷说也有四川、河南来放蜂的，在树林子中间寻个空隙撑起帐篷，夜晚在竹竿梢上挂一盏玻璃灯，闪闪烁烁，像鬼火一样。人间的烟火味儿一出现，大爷爷说我们的老爷爷便赶紧拉马避开，否则季范先生就要发脾气了。后半夜，稀薄的凉露下来，花瓣儿更亮。从树缝里看到天高月小，满地上都是被槐树花叶过滤了的银点子。

老爷爷说季范先生身上被槐针划出一些血道道。游几天槐花海，他痴迷好几天，说是"花醉"。

大爷爷说天地万物，都有灵有性，有异质的高人，能与万物相通，毫无疑问，季范先生就是那样的高人了。

老爷爷说季范先生家常年养着四个裁缝，一个制冬衣，一个制夏衣，一个制春秋衣，一个专门制鞋袜。四个裁缝不停地制作，季范先生还是缺衣穿。大爷爷说季范先生的时代里，高密城里穿着最漂亮的，往往是叫化子。这传统至今未绝，外县来的化子总是破衣烂衫招狗咬，高密县出去的叫化子抽血卖也要制套新衣穿上，像走亲戚一样，狗见了摇尾巴。人说：有这么好的衣裳还要哪家子饭？化子说：让季范先生给惯的，成了规矩就不能改。青州、胶州、莱州的人讽刺那些没钱穷讲究的人为：高密叫化子。有一种现在已被淘汰的、外皮鲜艳瓤酸苦的瓜就叫"高密叫化子"。老爷爷说季范先生总是光光鲜鲜出去，赤身露体回来，严冬腊月也不例外。

季范先生好赌，从来都是夜里赌。满城的头面人物都来，大厅里摆开十几张八仙桌，一桌子一局，一摞摞大洋闪着光，在季范先生家赌的人，掉了地上大洋没有好意思弯腰去捡的。这么多人赌通宵，总有十块、八块的大洋滚落到桌下，这些都归了伺候茶水的我老爷爷。我老爷爷一离开季范先生就在城里买房子城外置地，拍出一摞摞银大头，都是在赌桌下捡的。

季范先生从不过问田地里的事，百分之百的玩主。但他家的长工老来都是撇腿弓腰，给季范先生家干活累的。老爷爷说有一年打麦时有一个长工用毛驴往自家偷驮麦子，另一个长工来告状。季范先生骂道：傻种，傻种，他用驴驮，你为什么不用车拉？那长工一赌气，果真套上车，拉回家一车麦子。季范先生知道后，说：这才像个长工样子。季范先生家里有一个正妻六个姨太太。正妻一脸大麻子，六个姨太太却都是如花似玉的美人。大爷爷对我们说：你们的老爷爷说季范先生从来都是自己单屋睡，那些姨太太年轻熬不住，有裹了钱财跟人跑了的，有跟长工私通生了私孩子的，季范先生不管也不问。那些小私孩大摇大摆地在院子里跑，见了季范先生就叫爹。季范先生光笑不答应。你们老爷爷说只有麻老婆生的那个痴呆儿子才是季范先生的真种。

大爷爷说，有一年春节，大年初一日，季范先生要嫖。大家都感到惊奇，好像天破了一样。管家的劝他过些日子再嫖，季范先生说：过些日子就不嫖了。管家说：这事我不帮你操持。季范先生叫："汉三！"

十七岁的我们的老爷爷应声道："汉三在。"

季范先生说："他们都是些俗人，只好咱爷俩一块玩了。"

我们的老爷爷问："老爷是到窑子里去呢，还是把娘们搬回来？"

季范先生说："自然是搬回来。"

我们的老爷爷问："搬'小白羊'还是搬'一见
酥'？"

季范先生说："你给我把高密城里的婊子全搬来。"

我们的老爷爷吐了吐舌头，也不好再问。便带着满
肚子狐疑去搬婊子。

大爷爷说，那时的高密城西部小康河两岸有两条烟
花胡同，河东那条胡同叫状元胡同，河西那条叫鲤鱼
巷。那时的人们把逛窑子叫做"考状元"、"吃鲤鱼"。
每条胡同里都有五六家窑子，各养着三五个姑娘。还有
一些"半掩门子"，白日经营着一些卖针头线脑的小店，
晚上也插了店门留客住宿。大爷爷说去窑子里的人形形
色色，有泡窑子的老嫖客，也有偷了爹娘的钱前来学艺
的半大小子。

老爷爷那时十七岁，像个"学艺"的。大年初一，
家家都是祭祀祖先，即使患色痨的老嫖也不来了。高密
城里的窑子过年也放假，婊子们都打扮得花红柳绿，嗑
瓜子儿，赌铜钱儿，阳光好时也上街，混杂在人群里看
耍。老鸨们也允许婊子们回家去看父母，但十个婊子里

有九个是被父母卖进了火坑的，谁还要回去？那些提大
茶壶的、扛权杆的也放假回了家。所以老爷爷一进窑子
就被婊子们围住，抢着要当他的师傅。

老爷爷有没有拜师傅大爷爷自然不说。大爷爷说我
们的老爷爷常常给季范先生牵马，眼尖的婊子认出他
来，笑着说：这不是季范先生的小催班吗？你东家闲着
那么多姨娘，下边都生了锈，还用得着来找我们？

老爷爷说不是我要找你们，是季范先生要找你们。

老爷爷一句话，把那些婊子们欢喜得七颠八倒，喊
喊喳喳地说：这可是破了天荒！季范先生花起钱来像流
水一样，伺候好了他老人家，一年的脂粉钱不发愁了。

老鸨子说：大年初一、例假，姑娘们累了一年，就
是钢铸铁打的也磨出了火星子，该让她们歇歇。

老爷爷道：季范先生难得动一次凡心，你们别糊
涂，过了这个村就没有这个店了。

老鸨子堆着笑脸说：伺候季范先生，俺们也不敢推
辞，孩儿们，可别怨为娘的心黑。

婊子们抢着说：老娘，能让季范先生那神仙棒槌杵
杵，是孩儿们的福气。

老鸨子问我们的老爷爷：小先生，我这里有五个姑娘，不知季范先生看中哪一个？

老爷爷说：全包，让她们梳洗打扮等着，待会儿轿车子来拉。

大爷爷说老爷爷办事干练，就把两条烟花巷转了一遍，找来了二十八位婊子，又到大街上雇了十几辆带暖帘的轿车子，把那些个婊子，或两个一车，或三个一车，装载进去。十几辆轿车子，十几匹健骡，十几个车夫，在县府前大街上排成一条龙，轰轰隆隆往前滚。看热闹的人拥拥挤挤，把街都挤窄了。轿车夫见了这情景，又拉着这样的客，格外地长精神，啪啪地甩着鞭梢，嘴里"得儿——驾儿——"吆喝着，把轿车子赶得风快。那些个婊子，不时地打起轿车的帘子来，对着看热闹的人浪笑。有厚脸皮的大喊着：婊儿们，哪里去？婊子们大声应着：到季范先生家过年去！

大爷爷说你的老爷爷骑着大红马，把车队引到季范先生家的大宅院的门前。他吩咐婊子们在外等着，自己进去通报。季范先生听说搬来二十八个婊子，高兴得拍着巴掌说："极好，极好，二十八宿下凡尘！汉三，你真是个会办事的，回头我重重赏你。快回去，把神仙们请进来。"

　　大爷爷说季范先生家有一间大客厅，能容下一百人吃酒。神仙会自然就在客厅里举行。那时候还没有电灯，季范先生让我们的老爷爷去买了几百根胳膊粗细的大蜡烛，插在客厅的角角落落里，天没黑就点燃，弄得客厅火光熊熊，油烟缕缕，好像起了火灾。季范先生又让老爷爷差人发出帖子去，请城里的军政要人、士绅名流来赴神仙会。季范先生拉回家二十八个婊子的消息传遍了城里的角角落落，那些名流要人们正纳闷着，不知季范先生要玩什么花样，帖子一到，巴不得插翅就飞来。也有心中忌惮这大年初一时日的，怕亵渎了列祖列宗，又一想人家季范先生敢做东，我们还不敢做客吗？于是有请必到。

　　当天夜晚，季范先生家大客厅里，烛火通明，名流荟萃，二十八个婊子忸怩作态，淫语浪词，把盏行令，搞得满厅的男人们都七颠八倒，丑态毕露，早把祖宗神灵忘到爪哇国里去。夜渐深了，烛火愈加明晃了起来，婊子们酒都上了脸，一个个面若桃花，目迷神荡，巴巴地望着风流倜傥的季范先生。有性急的就腻上身来，扳脖子搂腰。季范先生让我的老爷爷遍剪了烛花，又差下人们在客厅正中铺了几块大毯子。

季范先生吩咐众婊子："姑娘们，脱光了衣服，到毯子上躺着。"

二十八个婊子嘻嘻地笑着，把身上那些绫罗绸缎褪下来。赤裸裸的二十八条身子排着一队，四仰八叉在毯子上，等着季范先生这只老蜜蜂。

在那个漫长的冬夜里，我们围着一炉火，听大爷爷给我们讲季范先生轶事。

"他是不是有神经病？"我问。

"胡说，胡说，"大爷爷道，"听你们老爷爷说，季范先生是个天资极高的人，诸子百家、兵农卜医、天文地理、数学珠算，没有他不通晓的，这样的人怎么会是神经病？"

"他不是神经病，为什么要干那么稀奇古怪的事？"

大爷爷道："季范先生是从书堆里钻出来的人，把宇宙间的道理都想透彻了。什么叫圣贤？季范先生就是圣贤。"

　　其实关于季范先生的轶闻趣事我们已经耳熟能详了，但我们还是兴致勃勃地引导着大爷爷往下讲。

　　"大爷爷，你讲讲季范先生点化我们老爷爷的事吧。"我的二哥说。

　　已经有些疲倦了的大爷爷眼睛又明亮起来。他说："你们老爷爷二十岁那年，有一天陪着季范先生在街上走。季范先生说：'汉三，你已经二十了，该离开我自己去打江山了。'你老爷爷眼泪汪汪地说：'让我再跟你几年吧。'季范先生说：'盛宴必散。'他们走到一棵大槐树下，看到两群蚂蚁争夺一条青虫子，你拖过来，我拖回去。季范先生说：'汉三，你明白了没有？'你们老爷爷摇着头说不明白。季范先生抬起一只脚，踩在那些蚂蚁上碾了碾，又问：'汉三，明白了没有？'你们老爷爷说明白了。季范先生说：'罢了，你其实不明白，不明白就是不明白。'"

　　"我们的老爷爷果真不明白季范先生的暗示吗？"我问。

　　大爷爷答非所问地说："人要明白事理，非念书不可，非把天下的书念遍不可。你们，还早着哩。"

　　我的二哥又问："大爷爷，您真的见过季范先生读书过目不忘？"

　　大爷爷说："这还能假吗？！那时咱家还没败落，住在城里。有一天，我正在念一本《尺牍必读》，你们老爷爷领着季范先生来了。季范先生问我看什么书，我把书递给他。他接过去，翻了翻，还给我。我说：'爷，听俺爹说您看书过目不忘？'季范先生笑笑说：'你想考考我？'我不好意思地笑了。他把那本《尺牍必读》要过去，一页页翻看，完了，把书还给我，说：'你看着书，我背给你听。'我看着书，他背得一字一句也不差，连个结巴也不打。你们老爷爷骂我：'斗胆的小东西，还不跪下给你爷爷磕头！'我慌忙跪下，季范先生把我架起来，哈哈笑着说：'老了，脑子不灵了。'"

　　我们齐声感叹着："天才，真是天才！"

　　每次听完这一段，我们都是这样说。

　　大爷爷从来不给我们讲完季范先生嫖妓的故事，总是讲到那紧要处便打住话头，我们也从不追问，其实那后边的情形我们都知道：二十八个妓子脱光衣服并排着躺在毯子上，那些士绅名流都傻了，怔怔地看着季范先生。我们的老爷爷说季范先生脱掉鞋袜，赤脚踩着二十八个婊子的肚皮走了一个来回。然后季范先生说：

"汉三，给她们每人一百块大洋；叫车子，送她们回去。"

（一九九一年）

# 飞　鸟

　　星期六下午，我们去河边放羊。羊在河堤慢坡上吃草；我们在河堤上斗草。斗一会儿斗腻了，又玩八格棋，很快又玩腻了，便看太阳，看云霞，看许宝家的公绵羊用鼻子嗅方昌家的母绵羊的屁股。后来公绵羊跨到母绵羊背上，红红的一个辣椒伸出来，立刻就滑落下来，母羊叫一声，公羊叫一声，然后吃草。河里有很浅的一道水，几只燕子正在水面上穿梭。我们感到很无聊。许宝提议去学校里把尚秀珊揪出来斗争一会，解解闷儿。方昌反对。"斗争了几十遍了，翻来覆去就那么点事：什么用馒头喂兔子啦，泼洗脸水泼到学生身上啦……没意思，没意思。"方昌摇着脑袋说。他的头很长，五官拥挤在下巴上方，额头十分空阔。许宝转动着黄色的大眼珠子，神秘地说："我掌握了尚秀珊的绝密材料，今日的斗争会大有开头。""什么材料？"我们问。许宝四处看看，好像怕人听到似的，压低了嗓门说："……"

这怎么可能呢？我们满腹狐疑地看着许宝。他的脸突然涨红了，黄眼珠子闪着金光，大声呵斥我们："你们不信是不是？你们竟敢不信？！这是俺娘亲口告诉我的！"

许宝的娘是我们村惟一的一位五十多岁没裹小脚的女人，家里有很光荣的历史，把村里的老支部书记打倒之后，她当上了"革命委员会"的主任。那是个嗓门洪亮、身高马大、生死不怕的婆娘，她的话自然不能怀疑。

"真是太可恨了！"瘦子张同意大声嚷着，"她这是'癞蛤蟆剥皮心不死'！走走走，快快去学校，把她揪来，让她交待！"

许宝让方昌看着我们的羊，方昌不愿，想去揪尚秀珊。许宝让他服从命令，否则脱裤子打腚，方昌便不敢啰嗦，老老实实看羊去了。许宝带着我、张同意、杜大饼子、聂鼻、高疤，威风抖擞，沿着胡同，冲向学校。

　　一进校门，正碰上高疤的姐姐高红英，她原先是一年级的代课教师，现在是学校"革命委员会"的副主任。她刚从主任的屋里出来，眼睛红红的，好像刚哭过的样子，一看到我们，立刻把脸上的肌肉绷紧，恶声恶气地问："你们来干什么？"然后又吼她弟弟："小疤，星期六，你不去放羊，来干什么？"高疤不服气地说："你怎么知道我没去放羊？羊在河边吃草哩！"许宝趋前一步，说："高副主任，我们想把尚秀珊揪出去斗争一会儿。"高红英没好气地说："斗争个屁！都滚回去放羊吧！"许宝仗着他娘的威势，顶撞着："好哇，你敢压制革命小将的革命行动，你站到什么立场上去了？！""革命，你一个小毛孩子知道什么叫革命？竟敢拿大帽子压我，"高红英红着脸说，"老娘闹革命时你还在你娘肚子里没出来呢！"正吵闹着，校"革命委员会"主任王大鼻子从屋里走出来，问："吵嚷什么？"许宝上前道："王主任，你给评评理，我们想把尚秀珊揪到河滩上去斗争一会儿，高副主任不但不批准，还讽刺挖苦我们！"王大鼻子看看高红英，对我们说："高副主任逗你们呢，红卫兵小将的革命行动，谁敢压制，谁就是反革命！揪去吧，斗去吧，就是不能让阶级敌人有喘息的机会。"王主任拍了一下高红英的肩膀，高红英便跟着他进屋里去了。

尚秀珊一家住在学校西侧的小厢房里，我们走过去，看到窗户上、门板上糊满了大字报，屋里静悄悄的，一点点声音也没有。我心里有些虚怯，抬眼去看同学们，发现他们也都脸上显露出怯懦的神色来。我们站在门前，听到房檐上的麻雀发出唧唧的怪叫，抬头看，原来两只麻雀在交配。公麻雀下来后，母麻雀把羽毛蓬起来，身体显大了许多，抖擞几下，才收拢羽毛恢复原状。张同意悄悄地摸出弹弓，装上泥丸，举臂拉皮条，刚要发射，麻雀振翅飞去，落在很远处的一株杨树上，唧喳喳叫，好像在骂我们。

"你敲门！"许宝捅了张同意一下，说。张同意捅了高疤一下，说："你敲！"高疤捅了我一下，说："你敲！""你敲！"我捅了许宝一下，说。

许宝骂道："你们这些怕死鬼，连个门都不敢敲，待会儿可怎么批斗？"

高疤说："事情是你先挑起来的，你不敲倒要我们敲？"

许宝说："我敲，你们跟着。"

他攥着拳头，对着门板打了一下。门板"哐咚"一声响，我的心一阵急跳。

屋里没有回音，许宝又敲了门板一拳。我们也各敲了几拳。

一声咳嗽从厢房里传出，接着一个沙哑的男人喉咙出了声："谁？"

我们一时都愣了，互相打量着，都不敢吱声。我有些怕，很想跑开。还是许宝胆大，他故意粗着喉咙说："我们是红色造反兵团！"

屋子里沉默了许久，接着传来低语声。我们的胆子渐渐壮起来，拳打脚踢着门板，嘴里嘈嘈着："开门！开门！我们是红色造反兵团！"

厢房的门缓慢地开了一条缝，闪出一张苍白、浮肿的大脸。我们自然认出那是校长的脸。他原本很瘦、很精干，"革命"一起，他就肿胖了，原来溜溜圆的大黑眼也变小了，眼睛里射出的光线阴森森的。我不由得胆怯起来，把身体避在身材比我高许多的杜大饼子背后。

"同学们，有什么事？"校长问。

"我们要斗争地主分子尚秀珊！"许宝说。

校长阴沉沉地说："她病了。"

"病了？"许宝大声说，"谁说她病了？"

校长说："她真病了！"

"不行，我们要看看！"许宝说。

"同学们，我与你们无怨无仇……"校长软弱地说，"她真病了，你们发扬点人道主义精神吧……"

"什么话？"从我们背后传来一声怒吼，王主任和高副主任并肩站在我们背后，高副主任接着王主任的话茬儿大声说："什么'无怨无仇'？怨仇大着呢！什么'人道主义'？对你们这些阶级敌人，没有什么'人道主义'好讲！"

有王主任和高副主任撑着腰，我们胆气壮起来，一窝蜂冲进屋。屋子里很暗，黑暗中散发着一股浓烈的霉味，还有老鼠尿的臊气。

我紧缩着身体。我猜想我的同伴们也一定紧缩着身体。"文化大革命"爆发前我们一进学校大门经常能听到从这间小厢房传出愉快的说笑声。有时还能听到尚秀珊的女儿尚慧敏悦耳的歌唱声。那时我们对这间小厢房向往极了。我那时想，住在这小厢房里的人过着神仙一样的日子，天天吃白面，顿顿吃肥猪肉，一定幸福得要命。我多么想能到这间小厢房里去开开眼界，看看神仙们是怎样生活的。后来我终于实现了愿望。我的在北京念大学中文系的哥哥放寒假回来，因为别无去处，所以天天去学校里玩。寒假里学校里只有校长的小厢房里有人烟，哥哥其实一天到晚都泡在这里。我知道哥哥不愿我跟着他但我还是跟着他踏进了"神仙洞府"。校长一家正在吃饭，三口人围着一张矮脚小饭桌，桌子上有一碟花生米，一碟豆腐干，一堆白蒜瓣，还有几个白面馒头。馒头的味道好闻极了，说实话我馋得要命。校长和尚老师客气地站起来，让我哥哥吃饭，他说吃过了。尚老师是我们的班主任，我认识的字儿都是她教的。她说你哥不吃你吃吧。我说不吃。尚慧敏笑着说别馋瘪了，她抓起一个馒头，扬起来，说：接住！馒头飞到我的眼前，我双手接住，咬了一口，抬眼看我哥，他正用眼睛剜我。我感到很羞愧，放下馒头就跑了。我听到他们在笑。后来我又溜回去，听到我哥正与读高中的慧敏谈《红楼梦》。又后来尚老师和校长好像对我格外亲切。尚慧敏还送给我一只麻雀，我不知道她是怎样捉到的。尚慧敏是尚老师和她前夫的女儿，所以不跟着校长姓王。

我们的眼睛习惯了黑暗，看到校长垂着头站在墙角，看到尚秀珊穿着一条红布裤头躺在床上，屋子里又闷又热又潮湿，柳木床腿上生长出嫩绿的枝条，跳蚤碰得腿响。我看到尚秀珊的肉白生生的，心里乱糟糟，头晕眼花，只想逃出去。

许宝龇着牙，很凶地说："地主婆，不要装死，滚起来，我们要斗你！"

尚秀珊从床上躬起身子来，接着又倒下。她呜呜地哭着说："同学们，饶了我吧，我病了。"

张同意说："谁是你的同学！"

她改口说："小将们，饶了我吧……"

许宝说："别装死，你逃避批斗，罪该万死！"

校长说："我替她去吧！"

许宝说："不行！她给地主做过老婆，你能替吗？"

尚秀珊说："好……我去……"

我们押着尚秀珊，沿着胡同向河边走。她用手扶着学校的围墙，一步一步地挪，好像腰腿很痛的样子。胡同里的百姓们一边看一边叹气、流泪，明显地是对尚秀珊表示同情。愈是有人看，尚秀珊愈是做出步履艰难的样子，嘴里还发出嘤嘤的哭声。我觉得她有些装模作样。

谁也没打她，斗几次，不至于斗成这样。但是我后来听我姐姐说——慧敏对我姐姐说的——尚秀珊不是装样，她真的受了酷刑，施刑者就是那位跟许多"革命男人"不清不白的高红英。据说高红英用蘸了辣椒面的老黄瓜狠捅尚秀珊的阴部，真是毒辣到极点。

尚秀珊的前夫好像姓赵，据说是平度城里一家大财东的少爷。他死后，尚带着女儿改嫁我们校长。尚的前夫是怎么死的，我们搞不清楚。据说是被共产党枪毙的，最坏莫过于这一条了，于是我们就说她的前夫是被共产党枪毙的。

我们把尚秀珊押到河滩上的一片葵花地边。我们躲在肥硕的葵花叶片遮出的阴凉里，把尚秀珊面朝西放在毒日头下晒着。方昌跑过来，顶着一脑门子热汗珠，抱怨道："你们怎么才回来，把我急死了！"

许宝道："急什么你？揪出个地主婆那么容易？也幸亏我去了，要是你们去，能揪出她来才活见了鬼！"

我们都知道许宝说的是千真万确的话，要不是他带头打冲锋，我们早就败下阵来了。

现在，我们的目光聚在许宝的脸上，等待着他领导我们与地主婆斗争。他眯缝着眼，脸上显出洋洋得意之色。他说："不着急，这个地主婆一身霉气，晒会儿再斗。"

他带着我们钻进了葵花地里。我们坐在潮气很重的地上，一会儿从葵花秆的缝隙里望望在河滩跑来跑去的羊儿，一会儿仰起脸来，望望那紧盯着太阳的硕大花朵。许宝说："不行，不能让她这样舒舒服服地站着，金豆子，你去把她按弯了腰！"

金豆子是我。我接到许宝的命令后脸上顿时冒了大汗，头发里的馊味儿涌进嗅觉里。我手掐着奇嫩的葵花秆儿，脸发着胀，结巴着说："我……我……"

"你怎么啦？"许宝不满地说，"老中农的子孙，缺乏革命性，前怕狼后怕虎，跟你爹一个样儿。"

我大着胆儿走出葵花地，蹭到尚秀珊身边。地上的绿草像火一样地燃烧着，耀得我的眼睛辣辣地痛。尚秀珊身上有一股子樟脑味儿，熏人厉害。我说："你低头弯腰认罪！"她斜着眼看着我，看得我的心像擂着的鼓。几年前在她家吃馒头的情景晃在眼前。她比我高一个头，发格外黑，皮格外白，虽然老了还是很好看。她女儿慧敏更漂亮，传说我哥哥跟慧敏有点那个意思。慧敏送我的麻雀我没拿住一展翅飞了。我说："低头，地主婆！"她冷冷地看我一眼，嘴里嘟哝了一句什么。我回头望着葵花地里的伙伴们，用目光向他们求援。葵花地里突然响起了口号声，是许宝带头振臂呼喊，其他人附和着：

"打倒尚秀珊！尚秀珊不低头，就叫她灭亡！"

我咬着牙，瞪着眼，蹦了一个高，揪住了她的头发，使劲儿往下一拽，她的头一下子耷拉下来，腰也随着弯了。我听到她的喉咙里发出了一阵咕咕的声音，像小蛤蟆的鸣叫声一样。我感到浑身发冷，嘴里分泌出许多苦涩的口水。我钻进了葵花地，说："这坏蛋，我让她低了头！"

伙伴们都用怪异的眼光看着我。我感到双腿发软，便扶着葵花秆儿坐下来。我难以忘却她的头发留给我的感觉：又黏又腻又冷，好像握着一条毒蛇。

许宝说："金豆子有进步，我回家把你的表现跟俺娘说说。"

方昌钻出葵花林，把尚秀珊的头按得更低了些。她的头发垂到了地面，显得脖子又细又长。哭泣声从那团黑发的下面冒上来，嘤嘤的，呜呜的，像小孩子的哭声一样。方昌把她叉开的双腿关拢了，双手卡着她的脖颈子死劲往下按了按，说："好好想想，待会儿向我们交待你的罪行！"尚的哭叫声从地面上返上来："同学们……我的罪行早就交待完了……"

许宝挖起一团湿泥巴打过去，厉喝道："狐狸精，你还有一桩大罪行没有交待！"

泥巴准确地打在尚秀珊的头颅上，然后扑簌簌地松散落地。紧接着雨点般的泥巴从葵花林中飞出去，有的击中她的头颅，有的击中她的肩背，她顷刻间变了颜色。

"给你十分钟时间，好好想想！"许宝说着，把嗓门猛地拔高了，带着我们喊："坦白从宽！抗拒从严！拒不交待！死路一条！"

"歇一会儿吧，"许宝道，"大家都表现得不错，对阶级敌人就是要狠，决不能心慈手软！"

他扳倒一棵向日葵，搓掉硕大的花盘上的花芯儿，撕破盘儿，掐出一些嫩壳籽儿放在嘴里嚼着。他的手指上和嘴唇上都沾上了金黄色的花粉。

羊在远处咩咩地叫着，河堤外的村子里传来敲击钢铁的声音，葵花地里很静，几只肥胖的黄蜂在葵花盘上打着滚儿，沾了一身的花粉。许宝突然像发了疯似的摇晃起身体四周的葵花秆儿来，绿得发黑的葵花叶儿嚓嚓地摩擦着，沉重的葵花盘儿摇头晃脑，胡颠乱动，犹如几个痴呆、懵懂的大头崽子。我们模仿着许宝，几乎把整个葵花地都搅动了，一边摇晃我们一边怪叫着，在我们的叫声里，一株株苗壮的葵花啪啪地折断了。

我们几乎忘了尚秀珊。

她一头栽在沙地上时，我们钻出了葵花地。

"死了吗？"张同意问。

许宝年龄大、劲大、经验多，他把尚秀珊拖到葵花地边的阴凉里，用手试试她的鼻孔，说："还喘气，没死！"

"吓死我了。"杜大饼子说。

"把她送回去算了，"高疤说，"弄死可就来麻烦了。"

许宝说："还没开始斗呢，哪能送回去？"

方昌说："这样怎么斗？"

许宝说："掐葵花叶儿，到河里舀点水来泼泼她。"

于是我们掐了葵花叶，卷成筒状，到河里盛来水，泼到她的脸上、身上。她哼哼几声，果然睁开了眼。

许宝说："考虑得怎么样了？"

尚秀珊闭着眼说："你们杀了我吧……"

许宝说："我们不杀你，我们要强奸你！"

尚秀珊怪叫一声，打着滚爬起来，跑了两步，跌倒了，便嚎叫着往前爬。

许宝冲上去揪住她的头发，使她的脸仰起来。她双膝跪地，双手拄地，仰着脸，白着眼，木木地说："饶了我吧……饶了我吧……"

许宝低头看到自己胯间高高撑起，红了脸皮，丢开尚秀珊，说："你这样的老货，谁要？吓唬你罢了！只要你交待问题，我们就放了你！"

"我交待……我交待……"

"你男人被枪毙后，你把他的鸡巴割下来，风干后藏着，准备向我们反攻倒算，有这事没有？"

"你把它藏在什么地方了？说！"

"我把它藏在墙缝里了……"

把鸡巴风干了藏在墙缝里？

把鸡巴风干了藏在墙缝里！

许宝拳打脚踢着向日葵大笑起来。鸡巴插在墙缝里！哈哈！稀里哗啦啪啪啪！我们大声嚷叫着："鸡巴插在墙缝里！"哈哈哈！我们破坏着向日葵：稀里哗啦啪啪啪！

从河堤上望下来，我们像一群嬉戏在向日葵森林里的猴子。


傍晚，红日下去了，晚风清凉了，我牵着羊回了家。院子里扫干净了，饭桌摆在老梨树下了。爹、娘、姐、叔、婶，都坐在树下，都不说话。我知道大事不好了。拴好了羊，刚想夺门而逃，姐姐一个箭步跳上来，揪着我的耳朵，把我拖到梨树下。娘扇了我一巴掌，哭着骂："孽障！你伤天害理吧！"

姐姐从猪圈旁边提过一把锋利的铁锹，递给爹，说："爹，铲死他算了！"

爹接过铁锹，把锋利的刃儿抵到我的脖子上。冰凉的铁刃儿顶着我的喉头，吓得我三魂丢了两魂半，屎尿一裤裆，我说："爹，饶我一条小命吧，是许宝带的头……"

爹的手哆嗦着，我的小命悬着。

这时奶奶拄着拐棍走进了院子。

我一看见奶奶，哭叫着："奶奶，救命啊！"

奶奶颤巍巍地，举起拐棍，拨开了爹手中的铁锹，说："什么大不了的事，值得你们铲他的头！"

"娘，你不知道他作了多大的孽！"爹说。

奶奶道："我知道！都坐下吃饭！"

喝了一口粥，奶奶笑着说："我给你们讲个古吧，都好生听着！”

从前，有老两口子，好得像蜜一样。有一天，老婆子死了，撇下老头和一个儿子。老头哭了半天，终究割舍不了，瞅个空儿，找了把剃头刀子，磨得风快，把老婆那家什旋了下来，放在房檐下风干了，找了个小木盒装起来，有空说拿出来看看，就跟看见老婆子一样。说话间儿子就长大了，娶了个媳妇。老头儿没事，就一个人躲在屋里，抱着个盒儿翻来覆去地看。天长日久，儿媳妇犯了疑：爹的木盒里一定藏着宝！有一天，老头和儿子下了地，儿媳妇踩着炕沿从梁头上把木盒取出来，拉开盖一看，毛糟糟一团，不知道是什么物事，扒着扯着研究了半天，才恍然大悟了。这个儿媳妇也是个淘气鬼儿，把那物事扔给猫吃了，从房檐下捉来一只麻雀，装进木盒，放到梁头上。老头下地回来，喝了水，回到自己屋里，从梁头上摸下木盒，拉开木盖，才刚要看，就听到扑棱棱一阵响，一团毛茸茸的东西穿过窗棂子飞走了。老头追到院子里，大声喊叫：儿媳快来！

儿媳假装糊涂，跑出来问：爹，什么事？

老头道：快拿扫帚快拿竿，竿子打，扫帚扇。

儿媳问：爹，打什么？扇什么？

老头哭着说：多年的老屁飞上天！


奶奶讲完了古，说："你们为什么不笑？"

# 粮　　食

　　正午时分，伊拖着肿胀得透明的双腿一步步挨到家中。伊沉重地坐在那条腐朽的门槛上时，仍然觉得晕眩，好像依然在磨道里旋转，耳畔响着隆隆的磨声。伊的两个孩子扑上来。大一点那个嘴里嚷着饿，手伸进伊的衣兜里掏摸着。小一点那个虽满三周岁了，但步履还不稳，话也说不成句，嘈嘈着跌到伊胸前，用乌黑的手掀起伊的衣襟，将一只干瘪的乳房叼在嘴里，恶狠狠地吮着。大一点儿那个名叫福生，在伊的衣兜里一无所获，失望地哭起来。小一点儿的这个寿生，从伊的乳房里同样一无所获，吐掉那皲裂的乳头，坐在地上，失望地哭起来。伊心中酸酸的、麻麻的，叹息一声，手扶着门框，慢慢站起来。

伊的婆母手拄着一根旧伞柄，弓着腰从里屋走出来。婆母乱蓬蓬一头白发，紧闭着双眼，用伞柄笃笃地探索着道路，大声地吵着："你们娘几个，又在偷吃什么？你们吃什么呢？"

伊心中不舒坦，挺起嗓门回答道："婆婆，您也是八十岁的人了，说话怎般无理！有什么好吃的能不给您先吃呢？真正越老越糊涂了。"

婆婆瘪瘪嘴，竟像个小孩子一样，呜呜地哭起来，一边哭一边用伞柄敲打红锈的锅沿，嘴里嚷着："你们欺负我老，欺负我瞎了眼，把好东西都偷吃了，想把我饿死，这是什么世道哇，老天爷啊，救救我吧，我饿死了……"

伊没有反驳婆母的呼天抢地。伊知道这个瞎眼的老太婆早就神志不清了，没有什么道理好讲的。伊鼓起力气骂那两个嚎哭的儿子："嚎吧嚎吧，都死了去吧……"

伊骂着，有两滴凉森森的泪水便从干涸的眼窝里渗了出来。

"娘啊，饿死了呀……"福生拽着伊的衣衫哭叫。

"娘……饿……"寿生抱着伊的脚哭叫。

伊低头看着眼前这两个瘦得如毛猴一样的儿子，喉咙憋得厉害，头晕得团团旋转，几乎站不住。伊手扶着门框，擦擦眼，问大一点的福生："你姐呢，怎么还没回来？"

伊说完话，走到门外，往胡同里望去，隔着几棵剥光了皮的榆树，伊看到有一只很大的盛满野菜的筐子压着一个弯腰如钩的女孩歪歪斜斜地移过来。一股细细的暖流在伊心中涌着，快几步迎上去，把着筐鼻儿，把满筐野菜从女儿背上卸下来。

女孩慢慢地展开细细的腰，细细地叫了一声娘。

伊问："梅生，你怎么才回来，不知道家里等着菜下锅？"

女孩噘着嘴，泪水在眼眶里打转儿。

伊翻着筐里的野菜，挑剔地说："啊，这是些什么？婆婆丁，野蒿子，这能吃吗？"

伊抓起一把野蒿子放到鼻下嗅嗅，又把野蒿子触到女孩鼻下，不满地说："你自己闻闻，什么味道？怎么能吃下去？"

女孩抽抽搭搭地哭起来，一边哭一边用握着镰刀的手搓眼睛。

伊说："你还委屈是不？十四岁的东西了，连筐野菜都剜不来家，养你还有什么用？不是让你剜那些萹蓄、苦菜、马齿苋、灰灰菜吗？你还有脸哭！"

伊气喘吁吁地说着，还把一根指头戳到女孩的额头上。

女孩哇地一声哭大了。伊怒上来，也哭了，用脚去踢女孩。女孩捂着脸，只哭，不动。

邻居赵二奶奶出来，劝道："梅生娘，大晌午头儿，打孩子做什么？"

伊愤愤地说："死吧，都死了利索！"伊嘴里发着狠，眼泪却流了出来。

赵二奶奶劝着："回去吧，回去吧，梅生是勤快闺女，这不是剜了一大筐吗？"

伊说："二奶奶，你看她剜了些什么！"

赵二奶奶从筐里抓了一把野蒿子看看，说："梅生娘，这又是你的不是了，你在磨房里拉了一春磨，不知道田野里的情景。曲曲芽、灰灰菜是比这苦蒿子好吃，可到哪里去剜？满中国都闹饿荒呢，再下去几天，只怕连这野蒿子都吃不上了。"

伊马上明白委屈了女儿，便叹了一口气，搬着筐说："别哭了，回家吧。"

梅生抽泣着，跟着伊，回到自家院里。

伊看到梅生扑到水缸边，舀了半瓢水，咕咕嘟嘟往嘴里灌着。伊想说几句慰藉女儿的话，但终究没说出口。

婆婆也摸到院子里来了。老太婆骂累了，暂时闭住嘴，双手挂着伞柄，仰着脸，对着高悬中天的艳丽太阳。明媚的阳光照耀着那张金黄色的脸，反射出绿绿的光线来。

伊将熏人的野蒿放在捶布石上，用一根木棒捶砸着。绿色的汁液沿着白色的石头流下来，苦辣的味道在院子里洋溢着。

女孩喝完水，懂事地对伊说："娘，你歇一会儿吧，我来砸。"

伊看着女儿干巴巴的小黄脸，想哭，但却没有眼泪流下来。伊说："我砸野菜，你把观音土筛一筛吧。"

梅生答应着，从墙甬路上搬一块灰褐色的观音土，放在甬路中央，用一柄木锤子砸一阵，然后将碎土捧到箩里，来回筛动着，细如粉面的观音土便纷纷扬扬地落在面前了。

伊让梅生把筛出的细土盛过来，与砸烂的野菜搅和在一起，捏成一个个拳大的团子，摆在一块木板上。

伊与女儿将一木板菜团子抬到屋里，装到锅里。盖好锅盖后，伊让梅生在锅下烧火，伊便挪到墙角上吐黄水。

两个男孩盯着灶里跳动的火，像等待什么奇迹出现。

伊吐了一阵黄水，挪回来，见锅沿上已有白汽冒出，便吩咐梅生停了火。伊揭了锅盖，见那些用奇异原料制成的团子明晃晃的，宛若骡马的粪便。一股难以说清的味道扑进伊的鼻腔。

伊一家围着锅台，像参拜神物一样，看着锅里的东西。两个男孩迫不及待地伸出手来。伊骂退了他们。伊用筷子插起一个团子，先自己咬了一口，只觉得一股毒药般的味道在口中散开，腹中的黄水汹涌上来。伊强忍着不吐，把口中东西和满食道的黄水一起咽下去。

伊说："吃吧。"

下午，伊感到精神不错，那奇异的食物尽管味道恶劣，但毕竟使空荡荡的胃肠有了沉甸甸的感觉。胃里沉甸甸的，伊自觉脚下也有了基，不像往日那样，轻飘飘的，随时都会飞起来似的。

伊与七个女人在两盘大石磨下工作，四个人一盘。女人们都是小脚，走起路来很艰难，但也正因为这小脚，才没把她们赶到修水库的工地上去。

负责磨坊的王保管是个残废军人，瘸着一条腿，疤着半个脸，样子很凶。他看到伊走过来时，从椅子上起来，大声说："你是干什么吃的？别人都来了，就等你一个哩，你难道不知道工地上急等面粉吃吗？"

伊连忙低着头认错。

伊进到磨坊里，看到与自己同拉一盘石磨的孙家大娘、马家二婶、李家嫂子业已把套绳挂在肩上，伸着脖子发力，使那磨隆隆地转着，灰白的麦粉从石磨的沟槽里渐渐沥沥地落下来，宛若枯涩的雪。伊惭愧得慌慌忙忙地套上肩绳，手把着磨棍，乱使出了大力气。孙家大娘在伊身后轻柔地说："梅生娘，悠着点劲儿吧，这个干法如何能熬到天黑？"其余二人也在伊身前身后说了同样意思的话。伊满心里都是温暖，使出的气力更大了。

孙家大娘笑着说："梅生娘，午饭吃大鱼大肉了吧，这猛劲儿，小毛驴子一样。"

伊咧咧嘴，说："吃了大鱼大肉？等下辈子了。今晌午，用观音土掺野蒿搓了一锅团子。"

"怎么，"马二婶惊讶地问，"你到底吃了观音土？"

李大嫂说："听俺家老人说，那东西吃下去，早晚会把人坠死哩。"

伊幽幽地说："这样的岁月，早死一天是一天的福气。"

孙大娘劝道："梅生娘，你才三十几岁的人，可别说这丧气话，咬咬牙，把孩子拉扯大了，你就熬出头了。"

伊不说什么，只是摇头。

李大嫂愤愤不平地说："我就不信，王大哥那么忠厚的人，还会下狠心把耕牛毒死。"

孙大娘说："你就闭嘴吧。这年头，屈死的鬼成千上万哩！"

马二婶压低嗓门说："梅生娘，你太老实了，磨坊里饿死了驴？怨你死心眼儿。"

这时，王保管提着一枝长杆大烟袋，进了磨坊，眼睛凶凶地把这八个拉磨的娘们睃了一遍，说："各人都小心点，生粮食吞下去难消化哩！"

李大嫂嘻嘻笑着，说："王大哥，你要不放心，何不搬条凳子来坐在这儿？"

王保管说："八个臊老婆的味儿谁受得了？"

李大嫂又道："你说俺臊，可俺男人说俺香呢！"

王保管啐了一口，一拐一拐地走了。

下午磨的是豌豆，磨膛里哗哗叭叭地脆响着，清幽幽的香味儿在潮湿、阴暗的磨坊里飘漾着。伊嗅着豌豆粉的香味儿，肠胃一阵阵痉挛绞痛。伊咬紧牙关不吭气，但冷汗却把肩背都湿了。伊脖子一抻一抻地走着，宛若一只挣命的鹅。隆隆的磨声仿佛轻飘飘的云朵，渐渐地飘远了。伊恍恍惚惚地看到，孙家大娘把手伸到磨顶上，抓了一把豌豆掩到嘴里去。马家二婶、李家大嫂都偷着空子往嘴巴里掩豌豆。伊还发现，另一盘石磨上的女人们也都在干着同样的事。张家大嫂又抓起一把豌豆往嘴里掩的时候，对伊使了一个鼓励的眼色；马家二婶也低声在伊身后说："吃呀，你这傻种！"

豌豆的味道对伊施放着强烈的诱惑。伊的手几次就要伸到磨盘上去，又怯怯地缩回来。伊知道，同样的事情，孙大娘可以干，马二婶可以干，李大嫂也可以干，惟独自己不能干。伊的丈夫是富农，前不久，因为毒死社里的耕牛，被送到劳改营里去了。伊不明白丈夫为什么要毒死耕牛。伊想着丈夫被抓时的情景，心里冰凉。马家二婶从背后戳戳伊的腰，伊果断地摇头。

马家二婶说："你这样下去，只有死路一条了。"

伊的腹部绞痛起来，很多汗珠从脸上滚下。起初伊还硬撑着，但终于栽倒了。伊于昏迷中听到女人们大声地咋呼，并感到身体被抬了起来。伊感到几只女人手正在按摩着自己的肚皮，并听到周围一片叹息声。伊呕吐了，有一些黏稠的东西奔涌而出，疼痛立即便减轻了。

伊擦了一下嘴脸，有气无力地向周围的女人道谢，女人们便又唏嘘。

王保管过来，忿忿地说："干什么？都给我拉磨去。"

马二婶说："你这个瘌种，一颗心比鹅卵石还要硬。"

王保管说："阶级斗争，不硬行吗？"

马二婶道："好你个王瘌杂种，俺家可是贫雇农。"

王保管说："贫雇农里也出叛徒哩。"

众婆娘七嘴八舌攻击王保管，他脸涨红着，催促她们拉磨。

婆娘们劝伊回家歇着去，伊摇摇头，硬挺着，回到磨边。马二婶低声劝道："梅生娘，这年头，人早就不是人了，没有面子，也没有羞耻，能明抢的明抢，不能明抢的暗偷，守着粮食，不能活活饿死！"言罢，抓起一把豌豆，硬塞到伊的嘴里去。伊的心怦怦地狂跳着，环顾左右，见婆娘们都在毫不客气地吃，也就运动牙齿，咀嚼起来。伊听到豌豆被咬破的声音很大，不由得心惊肉跳，但粮食的惊心动魄、牵肠挂肚的味道转瞬间即把恐惧盖住了。伊终于伸出了手，抓一把豌豆，塞到嘴里。

下工前，磨道里十分昏暗，栖息在梁头上的蝙蝠从窗棂间飞进飞出，捕食着飞虫。伊的肚皮很胀，但这是幸福的胀。伊看到女人们都在趁着昏暗，将大把的豌豆塞到裤腰里去。伊呆了。马二婶暗中戳伊，说："傻种，装呀，你吃饱了，孩子呢？"

伊一横心，抓把豌豆，往裤里一塞，感到那些光滑圆润的豆粒儿，沿着大腿，噗噜噜，直滚下去，聚集在脚脖子之上。伊又抓了两把，便胆寒了。听到王保管在外吼："下工了！"

女人们装作没事人儿一样，甩着手，走出磨房。院子里的光明让伊大吃一惊。伊感到腿一阵阵发软，心跳如鼓，低着头，不敢迈步。

王保管冷笑着过来，说："好哇，到底显了形了！"

马二婶护着伊，说："王瘸，婶子明日给你找个媳妇。"

王保管用烟袋将马二婶隔开，说："别怪我不客气。"

伊吓傻了，不会说，也不敢动。

王保管把烟袋别在腰里，伸出两只大手，沿着伊的身体往下摸。

马二婶说："瘸腿，你就缺德吧！"

王保管的双手，摸到伊的小腿处，停了一下，站起来，命令道："解开扎腿带子。"

伊哭着跪下了，嘴里央求着。

女人们还想说什么，王保管火了，说："臭婆娘们，一群偷食的驴！你们干的事，当我不知道？都把裤腿解开！"

女人们见势不好，哄一声散开，都拐着小脚，像鸭一样，走得风快。

院里只剩下伊和王保管。王保管解开伊的扎腿带子，吩咐伊站起来。于是，成百颗豌豆滚到了地上。

王保管说："你说吧，怎么办？"

伊回到家时，屋子里已是一团漆黑，梅生坐在地上打瞌睡，福生和寿生趴在草窝里睡了。婆婆在黑暗中嘟哝着，仿佛在念一些神秘的咒语。

梅生问："娘，是你吗？你怎么才回来？"

伊没有吭声。

梅生过来，摸着伊的胳膊，又问："娘，你怎么不说话？"

伊摸摸女儿的脸，说："梅生，睡去吧。"

梅生道："锅里还有一些观音土丸子，你吃吧。"

伊说："娘今日吃饱了。"

梅生歪在草上，睡着了。

伊逐个摸摸孩子，起身出屋，从檐下摘下一根绳子，搭在树杈上，拴了一个套儿。

绳子勒紧伊的脖子时，伊的身体扭动起来。伊感到极其痛苦，后悔莫及。

绳子断了。

伊解开脖子上的绳子，急喘一阵气，便哇哇地呕吐起来。天下起了雨，伊进屋睡了。


第二天清晨，伊看到自己呕出来的东西被雨水冲开，潮湿的泥地上，珍珠般散着几十粒涨开的豌豆粒儿。

梅生过来，问："娘，你找什么？"梅生随即就看到了地上的宝贝，大呼着："豌豆！"扑跪下去，鸡啄米般把豆粒捡起来。

福生、寿生、婆婆都闻声赶来。

男孩和女孩分食了豌豆，跪在地上，瞪着眼睛寻找。

婆婆哭着、骂着，扔掉伞柄，趴在地上，双手摸索。

伊叹息着，向磨坊走去。

在磨坊门口，王保管悄悄说："我准你每天带回去两捧豌豆，但你也要给我。"

伊冷冷地说："要是我一粒豌豆也不往家带呢？"

王保管说："那我当然不要你。"

又到了黄昏的时刻，女人们故伎重演，大把地往裤裆里装豌豆。她们似乎已知道昨晚发生的事。伊却把豌豆一把把塞到嘴里，一点也不咀嚼，囫囵咽下去。伊感到豌豆粒儿已装到了咽喉，才停止。

王保管早等在门口了。伊很坦然地走上去，说："你搜吧！"

王保管盯着她看了足有一分钟，便放她过去了。

伊回到家，找来一只瓦盆，盆里倒了几瓢清水，又找来一根筷子，低下头，弯下腰，将筷子伸到咽喉深处，用力拨了几拨，一群豌豆粒儿，伴随着伊的胃液，抖簌簌落在瓦盆里……伊吐完豌豆，死蛇一样躺在草上，幸福地看着孩子和婆母，围着盆抢食。

几天后，伊的技术精进，再也不需要探喉催吐，伊只要跪在瓦盆前，略一低头，粮食便哗啦啦倒出，而且，很多粮食粒儿都是干的，一点儿也未被胃液玷污……

后来，粮食日益缺乏，为防止拉磨的女人偷食，王保管在门口准备了八只碗，一桶水，让每个女人出门必漱口，把漱口水吐至碗里，检查有无粮食碎屑，这一招十分有效地控制了偷食现象，但伊照偷不误，因为伊是囫囵吞食，自然无碎屑。

伊就这样跪在盛了清水的瓦盆前，双手按着地，高耸着尖尖胛骨，大张着嘴巴，哗啦啦，哗啦啦，吐出了豌豆、玉米、谷子、高粱……用这种方法，伊使自己的三个孩子和婆母获得了足够的蛋白质和维生素。婆母得享高寿，孩子发育良好。

　　这是六十年代初期发生在高密东北乡的一个真实故事。这故事对我的启示是：母亲是伟大的，粮食是珍贵的。

　　　　　　　　　　　　　　　（一九九一年）

# 灵　药

　　头天下午，武装工作队就在临着街的马魁三家的白粉壁墙上贴出了大字的告示，告诉村民们说早晨要毙人，地点还是老地点：胶河石桥南头。告示号召能动的人都要去看毙人，受教育。那年头毙人多了，人们都看厌了，非逼迫没人再愿去看。

　　屋子里还很黑，爹就爬起来，划洋火点着了豆油灯碗。爹穿上棉袄，催我起炕。屋子里的空气冰凉，我缩在被窝里耍赖。爹捆了我的被子，说："起来，武工队毙人喜早，去晚了就凉了。"

　　我跟着爹，走出家门。东方已显了亮，街上冷清清的，没有一个人影。一夜的西北风把浮土刮净，显出街道灰白的底色来。天非常冷，手脚冻得像被猫咬着一样。路过武工队居住的马家大院时，看到窗户里已透出灯光来，屋子里传出"呱啦呱啦"拉风箱的声音。爹小声说："快走，武工队起来做饭了。"

爹领着我爬上河堤，看到了那座黑黢黢的石桥，和河里坑坑洼洼处那些白色的冰。我问："爹，咱藏在哪儿？"

爹说："藏在桥洞里吧。"

桥洞里空荡荡的，黑乎乎的，冷气侵骨。我感到头皮直发炸，问爹："我怎么头皮炸？"爹说："我的头皮也炸。这里毙人太多，积聚着许多冤魂。"黑暗中有几团毛茸茸的东西在桥洞里徜徉着，我说："冤魂！"爹说："什么冤魂？那是吃死人的野狗。"

我瑟缩着，背靠着煞骨凉的桥墩石，想着奶奶那双生了云翳，几乎失明的眼睛。偏到西天的三星把清冷的光辉斜射进桥洞里来，天就要亮了。爹划火点着一锅烟。桥洞里立刻弥漫了烟草的香气。我木着嘴唇说："爹呀，让我到桥上跑跑去吧，我快要冰死了。"爹说："咬咬牙，武工队都是趁太阳冒红那一霎毙人。"

"今早晨毙谁呢？爹？"

"我也不知道毙谁，"爹说，"待会儿就知道了。最好能毙几个年轻点的。"

"为什么要毙年轻的？"

爹说："年轻的什么都年轻，效力大。"

我还要问，爹有些不耐烦地说："别问了，桥洞里说话，桥上有人。"

说话间工夫，东方就鱼肚白了，村子里的狗也咬成一片。在狗叫的间隙里，隐隐约约传来女人哭叫的声音。爹猫着腰钻出桥洞，站在河底，向村子的方向侧耳听着。我感到心里非常紧张，在桥洞里转磨儿的那几匹狗，青着眼盯着我看，好像随时都会扑上来把我撕烂似的。我差不多就要拔腿跑出桥洞时，爹猫着腰回来了。在熹光里，他的嘴唇哆嗦着，不知是因为寒冷还是因为恐惧。"听到什么动静了吗？"我问。爹低声说："别说话了，就要来了，听动静已经把人绑起来了。"

我偎着爹，坐在一堆乱草上，耸起耳朵，听到村子里响起锣声，锣声的间隙里，有一个粗哑的男人声音传过来：村民们——去南桥头看毙人啦——枪毙恶霸地主马魁三——还有他老婆——枪毙伪村长栾风山——还有他老婆——武工队张科长有令——不去看以通敌论处——

我听到爹低声嘟哝着:"怎么会枪毙马魁三呢?怎么会枪毙马魁三呢?无论枪毙谁也不该枪毙马魁三啊……"

我想问爹为什么就不该枪毙马魁三,还没及张嘴,就听到村里"叭勾——"响了一枪,子弹打着哨儿,钻到很高很远的地方去了。紧接着一阵马蹄声由远渐近,一直响到桥头。马蹄敲打着桥面。"啪啪啪"一路脆响,好像一阵风似的,从我们头顶上刮了过去。我和爹爹缩着身体,仰脸看着桥面上长条石缝隙里漏下来的那几线天,心里又惊恐又纳闷。又呆了抽半袋烟的工夫,一片人声吵吵嚷嚷追到了桥头。似乎都立住了脚。一个公鸡嗓子的男人大声说:"别他娘的追了,早跑没了影子!"

有人对着马跑去的方向,又放了几枪。枪声在桥洞里碰撞着,激起一串回音。我的耳朵里嗡嗡响着,鼻子嗅到硝烟的浓烈香气。又是那个公鸭嗓子说:"开枪打屁?这工夫早跑到两县屯了。"

"想不到这小子来了这么一手，"有人说，"张科长，论成分他可是雇农。"

公鸭嗓子道："他是被地主阶级收买了的狗腿子。"

这时候，有人站在桥面上往下撒尿，一股臊液淅淅地落下来。

公鸭嗓子说："回去，回去，别耽误了毙人。"

爹对我说，那个公鸭嗓子的就是武装工作队的队长，他同时还兼任着区政府的锄奸科长，所以人们称他张科长。

东方渐渐红了。贴着尽东边的地皮，辐射上去一些淡薄的云。后来那些云也红了。这时我们才看清，桥洞里有冻僵的狗屎，破烂的衣服，一团团毛发，还有一个被狗啃得破破烂烂的人头。我很恶心，便移眼去看河里的风景，河底基本干涸，只有在坑洼处有一些洁白的冰，河滩上，立着一些枯黄的茅草，草叶上挑着白霜。北风完全停止了，河堤上的树呆呆立着，天真是冷极了。我用僵硬的眼睛看着爹嘴里喷出来的团团雾气，感到一分钟长过十八个钟点。我听到爹说："来了。"

行刑的队伍逼近了桥头。锣声"咣咣"地响着。

"嚓嚓"的脚步声响着。有一个粗大洪亮的嗓门哭叫着："张科长啊张科长，俺可是一辈子没干坏事啊……"爹轻轻地说："是马魁三。"有一个扁扁的、干涩的嗓门哀告着："张科长开恩吧……我这个村长是抓阄抓到的……都不愿干……抓阄，偏我运气坏，抓上了……开恩饶我一条狗命吧张科长……我家里还有八十岁的老母没人养老哇……"爹说："是栾风山。"有一个尖利的嗓门在叫："张科长，自打你住进俺家，俺让你吃香的喝辣的，十八岁的闺女陪着你，张科长，你难道是铁打的心肠？……"爹说："马魁三的老婆。"有一个女人的吼叫："呜……哇……啊……呀……"爹说："这是栾风山的哑巴老婆。"

张科长平静地说："都别吵叫了，吵叫也是一枪，不吵叫也是一枪。人活百岁也是死，不如早死早超生。"

马魁三叫喊着："老少爷们儿，我马魁三平日里没有对不起你们的地方，帮着求个人情吧……"

听动静有许多人跪了下来，夹七杂八地哀求："科长开恩，饶了他们吧，都是老实人，都是老实人哪……"

有一个男人拔高了嗓门说："张科长，我建议让这四个狗杂种跪在桥上，给乡亲们叩一百个响头，然后就饶了他们的狗命怎么样？"

"高仁山，你出的好主意！"张科长阴森森地说，"你以为我张聚德就是杀人魔王吗？你这个民兵队长怕是当够了！乡亲们都起来，大冷的天，跪着干什么？枪毙他们，是上头的政策定的，谁也救不了他们，起来吧起来吧！"

"老少爷们儿，多说好话吧……"马魁三哀告着。

"别磨蹭了，"张科长道，"开始吧！"

"闪开！闪开！"桥头上几个男人吼着，一定是武工队员们在轰赶那些跪地求情的百姓。

随即马魁三大声嚎叫起来："老天爷，你瞎了眼了！我马魁三一辈子善良，竟落了个枪崩！张聚德，你这个畜生，你这辈子死不在炕上，畜生，你死不在炕上……"

"快点！"张科长吼着，"让他骂着好听是不是？"

踢踢踏踏的脚步声从我们头顶上走过去了。我从桥石缝里看到一些晃动的人腿。

"跪下！"桥南头有人厉喝。

"两边闪开！"桥北头有人厉喝。

"叭——叭——叭——"响了三枪。

尖利的枪声呼啸着钻进了我的耳朵，使我的耳膜高频震荡，几乎失去了听力。这时候，太阳从东边的地平线上冒出了一线血红的边缘，那些高挺的杉树一样的长云，也都染足了血色。一个高大肥胖的肉体，从桥面上栽下来，缓缓地栽下来，好像一团云，只是在接触了桥下的坚硬白冰时，才恢复了它应有的重量，发出了沉重的声响。有一些亮晶晶的血从他的头颅上冒出来。

北边桥头上，炸营般地乱了。听动静是被催来观刑的百姓们纷纷逃窜。听动静武工队员们也没去追赶那些逃跑的百姓。

踢踢踏踏的脚步声又从我们头顶上响到桥南头去了。紧接着又是南头喊"跪下"北头喊"闪开"，紧接着又是三声枪响，紧接着身穿一件破棉袍子、光着脑袋的栾风山一头栽到桥下，先砸在马魁三腰上，然后滚到一边。

紧接着一切都仿佛被简化了，一阵乱枪过来，两个披头散发的死女人，手舞足蹈地砸在了她们男人的身上。

我紧紧地抓着爹的胳膊，感到有一股热乎乎的液体洒在棉裤上。

起码有五六个人在我们头顶上站住了。我感到宽大的桥石被他们沉重的身体压得弯曲了，他们的声音也像炸雷一般震耳欲聋：科长，要不要下去验验尸？

验个屁！脑浆子都迸出来了，玉皇大帝来了也救不活他们。

走吧！到小老郭他老婆那儿去喝豆腐脑吃油条去。

他们迈着大山一样沉重的步子往桥北头走去。桥石在他们脚下弯曲着，哆嗦着。这座桥随时都会坍掉，我觉得。

一切都安静了，车轮大的红太阳在远方的白色河冰上滚动着，放射出亿万道红色的光线，光线又从冰上反射回去，又从草梢上反射回去，又从冻土上反射回去。我听到太阳光线与石头桥墩碰撞发出一些的声响，好像细小的雪花抽打着窗户上的白纸。

爹捅了我一下，说："别发愣了，动手吧。"

我感到眼前一切都莫名其妙，爹也是一个我似曾相识的、莫名其妙的陌生人。

"什么？"我肯定是莫名其妙地问，"什么？"

爹说："你忘了吗？给你奶奶来偷药！赶紧着点，待会儿收尸的人就来了。"

大概有七八条毛色斑斓、拖着又长又浓重的彩色大影子的野狗从河道里咆哮着扑过来，我想起来适才放枪时它们尖叫着逃跑时的情形。

我看到爹从桥洞里踢下几块冻在地上的青砖头，对准狗们掷过去。狗蹦跳着躲过了。爹又从怀里摸出了一把牛耳尖刀，对着那些野狗挥舞着。黑色的爹身体周围飞划着一些银光闪闪的漂亮弧线，那是爹舞出来的刀花。野狗们暂时退却了。爹紧紧扎腰的绳子，挽挽棉袄的袖子，大声说："帮我瞧着人！"

爹像只饿鹰一样扑上去，先拖开了两个女人的尸体，然后把脸朝下趴着的马魁三翻了个个，让他面朝着天。爹跪在地上磕了一个头，小声说："马二爷，忠孝不能两全，对不起您了！"

　　我看到马魁三伸出一只手抹了抹脸上的血浆子，微笑着说："张聚德，你这辈子也死不在炕上。"

　　爹用一只手很不灵便地去解马魁三皮袍子上的黄铜扣子，解不开。我听到爹说："二狗子，帮我拿着刀。"

　　我记得伸手接了爹递过来的刀，但却看到爹用嘴叼住刀，双手去解马魁三胸前那些黄铜扣子。那些铜扣子圆圆的，黄黄的，金灿灿的，有豌豆粒儿大，扣在布条襻成的扣鼻里，很不好解。爹很焦急，一使劲儿把它们撕了下来。掀起皮袍子，雪白的羔儿皮掀到肚腹两边，露出一件绸夹袄。夹袄也钉着同样的铜扣子，爹伸手又把它们撕了。把绸夹袄掀到两边去，又露出一件红绸布兜肚子，我听到爹啧了一声。我也感到这位五十多岁的胖老头还暗中穿着一件妖精衣服真是十分地奇怪。爹好像突然发怒，一把便将那玩意撕了，扔到一边。这一下露出了马魁三圆滚滚的肚皮和平坦的胸脯子。爹一伸手，突然站起来，脸色像金子一样，对我说："二狗子，你试试，他的心还嘣嘣地跳着。"

　　我记得我弯腰去试他的心，果然感到那儿有个像小兔子一样的东西在鼓涌。

　　爹说："马二爷，您脑浆子都迸出来了，玉皇大帝下了凡也救不活您了，您就成全了我这片孝心吧！"

　　爹从嘴里吐出刀子，攥在手里，在马魁三胸脯上比划着，寻找下刀的地方。我看到他用刀子在马魁三胸脯上戳了一下，竟好像戳在充足了气的马车轮胎上一样被反弹回来。又戳了一刀，又弹回来。爹扑地跪倒，磕着头说："马二爷，我知道你死得冤枉，你有冤有仇就找张科长报去吧，别对着我个孝子显神通了。"

　　我看到只戳了两刀，爹的脸上已经汗珠滚滚，胡子上的白霜也融成了露水。远处那些野狗正在逐渐逼上来，那些狗东西的眼睛都红得像火炭一样，颈子上的毛都耸着，像刺猬一样，牙都龇着，像利刃一样。我说："爹呀，快动手吧，狗们逼上来了。"

　　爹站起来，挥着刀，发着疯狂，把野狗们逼出去半箭地，然后气喘吁吁地跑回来，大声说："马二爷，我不剐了你，狗也要撕了你；与其让狗撕了，还不如让我剐了！"

　　爹一咬牙，一瞪眼，一狠心，一抖腕，"噗哧"一声，就把刀子戳进了马魁三的胸膛。刀子吃到了柄，爹把刀往外一提，一股黑血绵绵地渗出来。爹旋转着刀子，但总被肋条阻隔着。爹说："人慌无智。"抽出刀，放在马魁三的皮袍子上擦擦，一紧手，便将马魁三开了膛。

我听到"咕嘟"一声响，先看到刀口两侧的白脂油翻出来，又看到那些白里透着鸭蛋青的肠子滋溜溜地窜出来。像一群蛇，像一堆鳝，散发着热烘烘的腥气。

爹一把把地往外搋着那些肠子，看样子情绪烦躁，手头使着狠劲，嘴里嘈嘈地骂着。终于把肠子搋完了，显出了马魁三空荡荡的腹腔。

"爹，你到底要找什么呀？"我记得我曾焦急地问。

"胆，苦胆！他的苦胆在哪里？"

爹捅破了马魁三的膈膜，揪出了一颗拳头大的红心，又揪出了几页肝。终于在肝页的背面，发现了那小鸡蛋般大小的胆囊。爹小心翼翼地用刀尖把胆囊从肝脏上剥离下来。举着，端详了一会儿，我看到那玩意儿润泽欲滴、光华映日，宛若一块紫色的美玉。

爹把胆囊递给我，说："小心拿着，等我把栾风山的胆也取出来。"

爹此时已像一个经验丰富的外科医生，手段准确、迅速。他用刀尖挑了穷鬼栾风山束腰的草绳子，挑开他的破袍子，对准那瘦骨凸凸的胸腔踹了一脚，刷刷刷三五刀，掀开遮蔽，伸手进去，宛若叶底摘桃，揪下了栾胆。

"跑！"爹说。

我们上了河堤，看见群狗拉着肠子撕扯，又看见太阳的红色已经黯淡，刺目的白光焕发出来，照耀着它应该照耀的万物。

奶奶目生云翳，请神医罗大善人看。罗大善人说，这是三焦烈火上升所致，非大寒大苦的药物不能治了。然后挟着包要走。爹苦苦哀求，希望罗神医开个方子。罗神医说：用个偏方吧——你去弄些猪苦胆，挤出胆汁来让你娘喝，兴许能退出半个瞳仁来。爹问：羊胆行不行？罗神医说：羊胆、熊胆都行——要是能弄到人胆——他哈哈笑着说——你娘定能重见光明。

爹把马魁三和栾风山的胆汁挤到一只绿色的茶碗里，双手端着，递给奶奶。奶奶把茶碗送到嘴边，伸出舌尖品了品，说："狗子他爹，这是什么胆，这般腥苦？"

爹说："娘，这是马胆和栾胆。"

奶奶说："什么马胆、栾胆？马胆，我知道，栾胆，是什么？"

我按捺不住，大声说："奶奶，这是人胆！马是马魁三，栾是栾凤山。俺爹把他俩的苦胆扒来了。"

奶奶怪叫一声，仰面倒在炕上，顿时就断了气。

（一九九一年）

# 铁　　孩

　　大炼钢铁那年，政府动员了二十万民工，用了两个半月的时间，修筑了一条八十里长的铁路。铁路的上端连结在胶济铁路干线的高密站上，下端插在高密东北乡那片方圆数十里的荒草甸子里。

　　那时候我们只有四五岁，生活在与"公共食堂"一起建成的"幼儿园"里。幼儿园里只有一排五间泥墙草顶的房子，房子周围圈着一些用粗铁丝连结起来的碗口粗的树干，有两米多高，别说是三四岁的孩子，就是年轻力壮的狗，也跳不过去。我们的父、母、兄、姐……凡是能拿起铁锹铲土的，都被编进民工队伍里去了，吃在铁路工地，睡在铁路工地，我们已有很长时间没见到他们了。我们被圈在"幼儿园"里，有三个很瘦的老太婆看管着我们。三个老太婆都是鹰钩鼻子眍䁖眼睛，我们认为她们长得一模一样。她们每天熬三大盆野菜粥喂我们，早上一盆中午一盆晚上一盆。我们都把肚子喝得像小皮鼓一样。喝完了粥我们就把着木栅栏看外边的风景。木栅栏上抽出一些嫩绿的枝条。有柳树枝条。有杨树枝条。有的树干腐烂了，不抽枝条，生出一些黄色的木耳或是乳白色的小蘑菇。我们喝完了粥就把着木栅栏看外边的风景，手掰着木杆上的小蘑菇吃着，看到栅栏外的街道上来来回回走动着一些外乡口音的民工，一个个蓬头垢面，无精打采。我们在这些民工中寻找亲人。

我们哭咧咧地问："大叔，你看到俺爹了吗？"

"大叔，你看到俺娘了吗？"

"看到俺哥了吗？"

"看到俺姐了吗？"

……

民工们有的像聋子一样，根本不理睬我们；有的歪过头来，看我们一眼，然后摇摇头。有的则恶狠狠地骂我们一句：

"狗崽子们，钻出来吧！"

那三个老太婆坐在门口，根本不理睬我们。木栅栏高约两米，我们爬不出去。木栅栏间隙很小，我们钻不出去。

我们透过木栅栏，看到村外的田野上渐渐隆起一条土龙，一群群黑色的人在土龙上忙忙碌碌地爬动着，好像蚂蚁一样。听木栅栏外边的民工们说，那就是铁路的路基。我们的亲人们，就在那些蚂蚁一样的人群里。有时候，土龙上会突然插起千万面红旗，有时候会突然插起千万面白旗。更多的时候什么旗也不插。后来，土龙上闪烁着许多亮晶晶的东西。栅栏外边的民工们说："要铺设铁轨了。"

有一天，木栅栏外走过来一个黄头发的青年，他个子很高，我们觉得他只要一伸胳膊就能摸到木栅栏的尖儿。我们向他打听亲人的消息，他竟然走到木栅栏边，蹲下来，很亲热地摸我们的鼻子，戳我们的肚皮，拧我们的小鸡鸡。这是我们召唤来的第一个大人。

他笑着问我们："你爹叫什么名字？"

"俺爹叫王富贵。"

"噢,王富贵,"他摸着下巴说,"王富贵我认识。"

"你知道他什么时候来接我吗?"

"他来不了了,前日抬钢轨时,他被钢轨砸死了。"

"哇……"一个孩子哭了。

"你见过俺娘吗?"

"你娘叫什么名字?"

"俺娘叫万秀玲。"

"噢,万秀玲,"他摸着下巴说,"万秀玲我认识。"

"你知道她什么时候来接我吗?"

"她来不了了,前日搬枕木时,她被枕木砸死了。"

"哇……"又一个孩子哭了。

……

最后,所有的孩子都哭了。黄头发的青年人站起来,吹着口哨走了。

我们从中午一直哭到黄昏。老婆子们让我们去喝粥,我们还在哭。老婆子们生气地说:"哭什么?再哭送你们去万人坑。"

我们不知道万人坑在哪里,但都知道那一定是个极其可怕的地方,于是我们都不哭了。

　　第二天我们还是把着木栅栏望外面的风景。半晌午时，有几个民工抬着一扇门板急匆匆地走过来了，门板上躺着一个血肉模糊的人，分不清是男是女，一滴一滴的黑血沿着门板的边缘，"吧嗒吧嗒"滴在地上。

　　不知是谁带头哭了起来，大家一齐哭，好像那门板上躺着的就是自己的亲人。

　　喝完了中午粥，我们又趴在木栅栏上，看着有两个端着大枪的黑大汉押着那个我们熟识的黄头发青年走了过来。黄头发青年双手背着，手腕子上绑着绳子，鼻、眼青肿，嘴唇上流着血。走到我们面前时，他歪着头看看我们，对我们挤眼弄鼻子，好像他心里挺高兴。

　　我们齐声喊叫他，一个黑大汉用枪筒子戳戳他的背，大声说："快走！"

　　又是一天上午，我们扒着木栅栏，看到远处的铁路上，突然又插满了红旗，并且响起了敲锣打鼓的声音，数不清的人在铁路上吆喝着，不知为什么那么高兴。中午喝粥时，老太婆们分给我们每人一颗鸡蛋，并且对我们说："孩子们，铁路修好了，下午通车了，你们的爹娘就要来接你们回家了，我们也侍候够你们了。每人一颗鸡蛋，庆祝通车典礼。"

我们高兴起来，原来我们的亲人没死，是那黄头发青年骗我们，怪不得把他捆起来哩。

我们很少吃鸡蛋，老太婆告诉我们要剥了皮才能吃。我们笨拙地剥鸡蛋皮，鸡蛋壳里都藏着一只带毛的小鸡，一咬叽叽叫，还冒血水。我们吃不下去，老太婆们用棍子打我们，逼着我们吃，我们都吃了。

第二天上午，我们趴在木栅栏上，看到铁路上的红旗更多了。半晌午时，铁路两边的人嗷嗷地叫起来，有一个头上冒着黑烟的大东西，又长又黑的大东西，呜呜地叫着，从西南方向跑过来。它跑得比马还快。它是我们看到的跑得最快的东西。我们感到脚下的地皮打起哆嗦来，心里很害怕。有几个穿着白衣裳、戴着白帽子的女人不知从什么地方钻出来，拍着巴掌叫着："火车来了！火车来了！"

火车呼隆隆响着朝东北方向开过去了，我们的眼睛追着它的尾巴，一直到看不见了还在看。

火车开过去后，果然有一些大人来接孩子。狗被接走了，羊被接走了，柱被接走了，豆也被接走了，最后，只剩下我一个人。

三个老太婆把我领到栅栏外，对我说："回家去吧！"

我早就忘记了家门，哭着央告老太婆们送我回家。老太婆把我推到一边，便急急忙忙地关上了木栅栏大门，门里边还锁上一把黄澄澄的大铜锁。我在木栅栏外哭、叫、求情，她们根本不理。我从木栅门缝里看到，三个一模一样的老太婆，在木栅门里边支起一只小铁锅，锅下插上劈柴点着了火，锅里倒进一些浅绿色的油。火苗子呼呼地响着，锅里的油泛起泡沫。一会儿泡沫消散了，一些白色的烟沿着锅边爬上去。那些老太太打破鸡蛋，用木棍把一些带毛的小鸡扔到油锅里去，炸得啦啦响，扑棱扑棱翻滚。一股焦焦的香气溢出来。老太太们又用木棍把油锅里的小鸡夹出来，吹几口气，就把小鸡塞到嘴里。她们的腮帮子时而这边鼓起来，时而那边鼓起来，嘴里呜噜呜噜响着。她们在吃小鸡时都闭着眼，啪哒啪哒滴着眼泪。任我怎么哭叫，她们也不开门。我眼泪干了，喉咙哑了。我看到一株黑油油的树旁边有一汪混浊的水。我走过去喝水。我喝水时看到水边

有一只黄色的蛤蟆。我还看到一条黑色的、脊梁上有白
花的蛇。蛤蟆和蛇在打架，我很害怕，我很渴。我忍着
怕，跪下用手捧水喝。水从我指头缝里哗哗漏。蛇咬住
蛤蟆的腿，蛤蟆头上冒出一些白水。我感到水很腥。我
有点恶心。我站起来。我不知道该到哪里去。我想哭。
我哭了。我干哭，没有眼泪。

　　我看到树、水、黄蛤蟆、黑蛇、打架、害怕、口
渴、跪下、捧水、水腥、恶心、我哭、没有眼泪……
哎，你哭什么？你爹死了吗？你娘死了吗？你家里的人
死光了吗？我回头。我看到那个问我话的小孩。我看到
他跟我一般高。我看到他没有穿衣裳。我看到他的皮上
生着锈。我觉得他是个铁孩子。我看到他的眼是黑的。
我看到他跟我一样是个男孩。

　　他说你哭什么木头？我说我不是木头。他说我偏要
叫你木头。他说木头你跟我做伴到铁路上玩去吧。他说
那里有很多好看的、好吃的、好玩的。

　　我说蛇快把蛤蟆吞了。他说让它吞吧，别动它，它
会吸小孩的骨髓。

　　他领着我我跟着他朝铁路那儿走。铁路好像离我们很近可总也走不到，走走，望望，铁路还是那么远，好像我们走它也走一样。我们好不容易走到铁路边。我的脚很痛。我问他叫什么名字。他说你愿意叫我什么名字我就叫什么名字。我说我看你像块生锈的铁。他说你说我是铁我就是铁。我说铁孩。他答应了一声并且咧开嘴笑了。我跟着铁孩往铁路上爬。铁路路基很陡。我看到了两道铁轨像两条大长虫从一定是很远很远的地方爬过来。我想只要我一踩它就会扭动起来，它还会用长得没有头的木尾巴把我缠起来。我试探着踩了它一下。我感到铁很凉，它没有扭动也没有甩尾巴。

　　我看到太阳就要落山了。太阳很大很红，有一些白色的大鸟落在水边。我听到一声怪叫，铁孩说火车来了。我看到火车的铁轮子是红的，几条铁胳膊捣着它转。我感到车轮下有吸人的风。铁孩对着火车招手，好像它是他的好朋友一样。

　　晚上我感到很饿。铁孩拿来一根生着红锈的铁筋，让我吃。我说我是人怎么能吃铁呢？铁孩说人为什么就不吃铁呢？我也是人我就能吃铁，不信我吃给你看看。

我看到他果真把那铁筋伸到嘴里，"咯嘣咯嘣"地咬着吃起来。那根铁筋好像又酥又脆。我看到他吃得很香，心里也馋了起来。我问他是怎样学会吃铁的，他说难道吃铁还要学吗？我说我就不会吃铁呀。他说你怎么就不会呢？不信你吃吃看，他把他吃剩下那半截铁筋递给我，说你吃吃看。我说我怕把牙齿崩坏了。他说怎么会呢？什么东西也比不上人的牙硬，你试试就知道了。我半信半疑地将铁筋伸到嘴里，先试着用舌头舔了一下，品了品滋味。咸咸的，酸酸的，腥腥的，有点像腌鱼的味道。他说你咬嘛！我试探着咬了一口，想不到不费劲就咬下一截，咀嚼，越嚼越香。越吃越感到好吃，越吃越想吃，一会儿工夫我就把那半截铁筋吃完了。怎么样？我没骗你吧！我说，你没骗我，你真是好人，教会了我吃铁，我再也不用喝菜汤了。他说人人都会吃铁，他们不知道。我说早知这样谁还去种粮食？他说你以为炼铁比种庄稼容易吗？炼铁更难。你千万别告诉他们铁好吃，要是让他们知道了，大家一齐吃起来，就没有咱俩吃的了。我说为什么你要把这个秘密告诉我呢？他说我一个人吃铁没意思，想找个做伴的。

　　我跟他踩着铁轨往东北方向走。因为学会了吃铁，我一点也不怕铁轨了。我心里说：铁轨铁轨，你放老实点，你要敢不老实，我就把你吃了。因为吃了半根铁筋，我的肚子一点也不觉得饿了，脚和腿都有劲。我和铁孩每人踩着一根铁轨往前走。走得很快，一会儿就望到前边红彤彤的半边天，有七八个大炉子呼呼地冒着火苗子。我闻到好香好鲜的铁味儿。他说，前边就是炼钢铁的了，没准你爹娘在那里呢。我说我一丁点儿也不想他们了。

　　我们走着走着，铁路忽然没了。四周都是比我们还高的荒草，荒草里有一大堆一大堆的生满红锈的废钢铁，有好几辆火车歪在荒草里，车厢都砸扁了，里边装着的废钢铁都倾了出来。我们又往前走了会儿，发现这儿有很多人，蹲在钢铁堆里吃饭，炉子里的火把他们的脸映得通红。他们正在吃饭，吃的什么饭？大肉包子地瓜蛋。他们吃得那么香，那么甜，都把腮帮子撑得鼓了起来，好像生了痄腮一样。但是我闻到从那些肉包子里、地瓜蛋里发散出一股臭气，比狗屎还要难闻，我感到恶心得很厉害，便赶紧跑到上风头里去。

　　这时有一个男人和一个女人忽然从人堆里站起来，大声呼喊着："狗剩！"

　　我被他们吓了一跳。我认出了那是我的爹和娘。他们跌跌撞撞朝我跑来。我忽然觉得他们很可怕，像"幼儿园"里那三个老太婆一样可怕。我闻到了他们身上那股子比狗屎还要难闻的臭味。在他们伸手就要捉住我的时候我转身逃跑了。我跑，他们在后边追。我不敢回头，但我觉得他们的指尖不断地戳到我的头皮。这时我听到我的好朋友铁孩在我的前边喊我："木头，木头，往铁堆里跑！"

　　我看到他的暗红色的身影在铁堆里一闪就不见了。我冲向废铁堆，踩着那些锅、铲、犁、枪、炮等等铁器爬上了堆积如山的废铁堆。铁孩在一个圆的铁管子里向我招手，我一斜肩膀就钻进去。铁管子黑乎乎的，弥漫了铁锈的香味。我的眼睛什么也看不见。有一只凉森森的小手拉住我的手。我知道那是铁孩的手。铁孩小声说："别怕，跟我走，他们看不到我们。"

　　我跟着他往前爬。铁管子曲里拐弯，也不知通向哪里。爬呀爬呀，爬出了一线光明。我跟着铁孩钻出去。

铁孩领着我手把着一辆破坦克的履带爬到炮塔上。炮塔上涂着一些白色的五角星。一根锈烂得坑坑洼洼的炮管子斜斜地指着天。铁孩说要钻到炮塔里去。炮塔的螺丝都锈死了。铁孩说："咬开它。"

我们跪在炮塔上，转着圈啃那些生锈的螺丝。一边啃一边吃，一会儿就啃透了。炮塔盖子被我们掀到一边去。炮塔上的铁很软，像熟透了的烂桃子一样。我们钻进坦克肚子里去，坐在那些软绵绵的铁上。铁孩帮我找了一个孔，让我望着我的爹娘。我看到他们在远处的铁堆上爬着，噼里啪啦地翻动着那些铁器，一边翻动一边哭叫着："狗剩，狗剩，儿呀，出来吧，出来吃大肉包子地瓜蛋……"

我看着他们，像看着两个陌生人一样。当听到他们让我出去吃大肉包子地瓜蛋时，我轻蔑地笑了。

他们找不到我，回去了。

我们钻出坦克，爬到炮筒上去骑着，看远远近近的那些冒火的大炉子和炉子周围忙忙碌碌的人。他们把一些铁锅抬起来，喊一声"一——二——三"，抛到半空中去，掉下来跌破，再用大铁锤砸得稀巴烂。我嗅到了铁锅片儿的焦香味儿，肚子咕噜噜地响起来。铁孩好像猜到了我的心思，说："木头，走，拿口锅吃，铁锅好吃。"

我们避避让让地走进火光里，选中了一口好大的锅，抬起来就跑。几个男人被我们惊吓得连手中的铁锤都丢了，有的还撒丫子就跑，一边跑还一边叫："铁精来了——铁精来了——"

这时我们已跑到铁堆的顶上，一块块掰着铁锅，大口大口吃起来，铁锅的滋味胜过铁筋。

我们吃着铁锅，看到有一个腰里挂着盒子枪的瘸子走过来，用枪带子抽着那几个喊"铁精"的男人，骂道："混蛋，我看你们是造谣言搞破坏！狐狸能成精，大树能成精，谁见过生铁蛋子能成精？"

那几个男人齐声说："指导员，俺们不敢撒谎。俺们正在砸铁锅，从黑影里蹿出来两个小铁人，都生着一身红锈，抢了一口铁锅，抬着就跑，一转眼就没影了。"

瘸子问："跑到哪里去了？"

那些人说："跑到废铁堆上去了。"

"胡他娘的造谣！"瘸子说，"荒滩荒地，哪来的孩子！"

"所以俺们才怕了呢。"

瘸子掏出枪，对着铁堆"当当当"就放了三枪，枪子儿打在铁上，迸出了一些金色的大火星子。

铁孩说："木头，咱把他那支枪抢来吃了吧？"

我说："就怕抢不来。"

铁孩说："你在这儿等着，我去抢。"

铁孩轻手轻脚地下了铁堆，趴在荒草里，慢慢地往前爬，光明里的人看不到他，我能看到他。我看到他爬到瘸子背后时，就在铁堆上抄起一块铁叶子，敲打起铁锅来。

那几个男人都说："听听，铁精在那儿！"

瘸子刚举起枪来要放，铁孩从背后一跃而起，一把就下了他的枪。

男人们大叫："铁精！"

瘸子一腚就坐在地上，嘴里喊着："救命啊——抓特务——"

铁孩提着枪爬到我身边，说："怎么样？"

我说你真有本事。他高兴极了，一口咬下枪筒子，递给我，说："吃吧。"

我咬了一口，尝到一股子火药味。我呸呸地吐着，连声说："不好吃，不好吃。"

他从枪脊上咬了一口，品咂着，说："果真不好吃，扔给他吧！"

他把枪身扔到瘸子身边。

我把被我咬了一口的枪苗子扔到瘸子身边。

瘸子捡起枪身和枪苗，看了看，嗷嗷地叫着，扔掉破枪就跑了。瘸子跑，歪歪倒，我们坐在铁堆上笑。

半夜时，西南方向一道耀眼的光柱射过来，并且传来了"咣当咣当"的巨响。火车又来了。

我们看到火车跑到铁路尽头，一头就扎到另一辆火车身上，后边拉着的车厢呼隆隆挤上来，车厢里的铁哗啦啦地泻在车道外边。

从此以后再也没有火车。我问他火车上有没有特别好吃的地方，他说车轮子最好吃。后来我们吃过一次铁轮子，吃了一半就不愿再吃了。

我们还去炼铁炉边找那些新炼出的铁吃，那些铁反而不如生锈的铁好吃。

　　我们白天钻到铁堆里睡觉，晚上出来和那些炼铁的人们捣乱，吓得他们胡乱跑。

　　有天晚上，我们又去吓唬砸铁锅的男人。我们看到明亮的灯火里摆着一口锈得通红的大铁锅，便一起奔那铁锅而去。我们的手刚触到锅沿，就听到呼隆一声响，一面用麻绳子结成的大网把我们罩住了。

　　我们用嘴咬绳子，下多大的狠劲也咬不断。

　　他们高兴地喊："抓住了，抓住了！"

　　后来，他们用砂纸擦我们身上的红锈，好痛，好痛啊！

　　　　　　　　　　　　　　　　（一九九一年）

# 翱　　翔

　　拜完了天地，黑大汉洪喜就有些按捺不住了。虽然看不到新娘的脸，但新娘修长的双臂、纤细的腰肢，都显示出这个胶州北乡女子超出常人的美丽来。洪喜是高密东北乡著名的老光棍，四十岁了，一脸大麻子，不久前由老娘做主，用自己的亲妹子杨花，换来了这个名叫燕燕的姑娘。杨花是高密东北乡数一数二的美女，为了麻子哥哥，嫁给了燕燕的哑巴哥哥。妹妹为自己做出了巨大的牺牲，洪喜心中十分感动。想起妹妹将为哑巴生儿育女，他心情复杂，竟对眼前这个女子生出一些仇恨。哑巴，你糟蹋我妹子，我也饶不了你妹子。

　　新娘进入洞房，已是正晌光景。一群顽童戳破粉红窗纸，望着坐在炕上的新娘。一个大嫂拍了洪喜一把，笑嘻嘻地说："麻子，真好福气！水灵灵一朵荷花，轻着点揉搓。"

洪喜手搓着裤缝，嘻嘻地笑着，脸上的麻子一粒粒红。

太阳高高地挂着，似乎静止不动。洪喜盼着天黑，在院子里转圈。他的娘拄着拐棍过来，叫住儿子，说："喜，我看着这媳妇神气不对，你要提防着点，别让她跑了。"

洪喜道："不用怕，娘，杨花在那边拴着她哩，一根线上拴两个蚂蚱，跑不了那一个，就跑不了这一个。"

娘两个正说着话，就看到新媳妇由两个女傧陪着，走到院子里来。洪喜的娘不高兴地嘟哝着："哪有新媳妇坐床不到黑就下来解手的？这主着夫妻不到头呢，我看她不安好心。"

洪喜被新媳妇的美貌吸引住了。她容长脸儿，细眉高鼻，双眼细长，像凤凰的眼睛。她看到了洪喜的脸，怔怔地立住，半袋烟工夫，突然哀嚎一声，撒腿就往外跑，两个女傧伸手去拽她的胳膊，哧，撕裂了那件红格褂子，露出了雪白的双臂、细长的脖子和胸前的那件红绸子胸衣。

洪喜愣了。他娘用拐棍敲着他的头，骂道："傻种，还不去攥？"

他醒过神来，跌跌撞撞追出去。

燕燕在街上飞跑着，头发披散开，像鸟的尾巴。

洪喜边追边喊："截住她！截住她！"

村里的人闻声而出。一群群人，拥到街上。十几条凶猛的大狗，伸着颈子狂吠。

燕燕拐下街道，沿着一条胡同，往南跑去。她跑到田野里。正是小麦扬花的季节，微风徐徐吹，碧绿的麦浪翻滚。燕燕冲进麦浪里，麦梢齐着她的腰，衬托着她的红胸衣和白臂膊，像一幅美丽的画。

跑了新媳妇，是整个高密东北乡的耻辱。男人们下了狠劲，四面包抄过去。狗也追进麦田，并不时蹿跳起来，将身体显露在麦浪之上。

包围圈逐渐缩小，燕燕突然前仆，消逝在麦浪之中。

　　洪喜松了一口气。奔跑的人们也减慢速度，喘着粗气，拉着手，小心翼翼往前逼，像拉网拿鱼一样。

　　洪喜心里发着狠，想象着捉住她之后揍她的情景。

　　突然，一道红光从麦浪中跃起，众人眼花缭乱，往四下里仰了身子。只见那燕燕挥舞着双臂，并拢着双腿，像一只美丽的大蝴蝶，袅袅娜娜地飞出了包围圈。

　　人们都呆了，木偶泥神般，看着她扇动着胳膊往前飞行。她飞的速度不快，常人快跑就能踩到她投在地上的影子。高度也只有六七米。但她飞得十分漂亮。高密东北乡虽然出过无数的稀奇古怪事，女人飞行还是第一次。

　　醒过神来后，人们继续追赶。有赶回去骑了自行车来的，拼命蹬着车，轧着她的影子追。只要她一落地，就将被擒获。

　　飞着的和跑着的在田野里展开了一场有趣的追捕游戏，田野里四处响着人们的呼唤。过路人外乡人也抬头观看奇景。飞着的潇洒，地上的追捕者却因仰脸看她，沟沟坎坎上，跌跤者无数，乱糟糟如一营败兵。

　　后来，燕燕降落在村东老墓田的松林里。这片黑松林有三亩见方，林下数百个土馒头里包孕着东北乡人的祖先。松树很多，很老，都像笔一样，直插到云霄里去。老墓田和黑松林是东北乡最恐怖也最神圣的地方。这里埋葬着祖先所以神圣，这里曾经发生过许许多多鬼怪事所以恐怖。

燕燕落在墓田中央最高最大的一株老松树上，人们追进去，仰脸看着她。她坐在松树顶梢的一簇细枝上，身体轻轻起伏着。如此丰满的女子，少说也有一百斤，可那么细的树枝竟绰绰有余地承担了她的重量，人们心里都感到纳闷。

十几条狗仰起头，对着树上的燕燕狂叫着。

洪喜大声喊叫着："下来，你给我下来。"

对狗的狂吠和洪喜的喊叫她没有半点反应，管自悠闲地坐着，悠闲地随风起伏。

众人看看无奈，渐渐显出倦怠。几个顽皮的孩子大声喊叫着："新媳妇，新媳妇，再飞一个给我们看！"

燕燕扬扬胳膊。孩子们欢呼："飞啦飞啦又要飞啦。"她没有飞。她用尖尖的手指梳理脑后的头发，就像鸟类回颈啄理羽毛一样。

落在他的头上，他呸呸地吐着唾沫，感到晦气透顶，松梢上还是一片辉煌，松林中已经幽黑一片，蝙蝠绕着树干灵巧地飞行着，狐狸在坟墓中嗥叫。他又一次感到恐惧。

松林里似乎活动着无数的精灵，各种各样的声音充塞着他的耳朵。头上的冷笑不断，每一声冷笑都使他出一身冷汗。他想起咬破中指能避邪的说法，便一口咬破了中指。尖锐的痛楚使他昏昏沉沉的头脑清晰了。这时他发现松林里并不像刚才所见到的那般黑暗，一座座坟墓、一尊尊石碑还清晰可辨，松树干的侧面上还涂着一些落日的余晖，有几只毛茸茸的小狐狸在坟墓间嬉戏着，老狐狸伏在野草丛中看着小狐狸，并不时对他龇牙微笑。仰脸看时，燕燕端坐树梢，乌鸦围着她盘旋。

一个很白净的小男孩从树干缝里钻过来，递给他一面锣、一柄锣槌、一把斧头、一张大饼。小男孩说，铁山爷爷正在领着人们制造弓箭，去胶州北乡的人也出发了，乡政府的领导也很重视，很快就会派人来，让他吃着饼耐心等待，一有情况就敲锣。

小男孩一转身就不见了，洪喜把锣放在石供桌上，将斧头别在腰里，大口吃起饼来。吃完了饼，他举起斧头，大声说："你下不下来？不下来我要砍树了。"

燕燕没有声息。

他挥起斧头，猛砍了一下树干。松树哆嗦了一下。燕燕无声无息。斧头卡在树里，拔不出来了。

洪喜想，她是不是死了呢？

他紧紧腰带，脱掉鞋子，往松树上爬去。树皮粗糙，爬起来很省力。爬到半截时，他仰脸看了一下她，只能看到她下垂的长腿和搁在松枝上的臀部。他十分愤怒地想：本来现在是睡你的时候，你却让我爬树。愤怒产生力量。树干渐上渐细，有许多分杈，他手把着树杈，纵身进了树冠，脚踏树杈站定，对着她，悄悄伸出手去，他的手触到她的脚尖时，听到了一声悠长的叹息，头上一阵松枝晃动，万点碎光飞起，犹如金鲤鱼从碧波中跃出。燕燕挥舞着胳膊，飞离了树冠，然后四肢舒展，长发飘飘，滑翔到另一棵松树上去。他惊恐地发现，燕燕的飞行技术，比之在麦田里初飞时，有了明显的提高。

她保持着方才的姿势坐在另一棵树的树梢上。她的脸正对着西天的无边彩霞，像盛开的月季花一样动人。洪喜哭着说："燕燕，我的好老婆，跟我回家好好过日子去吧，你要不回去，我也不让杨花给你哑巴哥哥睡觉——"

一语未了，他的脚下嘎巴一声响——松枝压断，洪喜像一块大肉，实实在在地跌在地上。好久，他手按着腐败的松针爬起来，扶着树干走了两走，发现除了肌肉酸痛外，骨头没有受伤。他仰起脸寻找燕燕，看到天上挂着一轮明月，光华如水，从松树的缝隙中泻下来，照亮了坟丘一侧、墓碑一角，或是青苔一片。燕燕沐浴在月光里，宛若一只栖息在树梢上的美丽大鸟。

松林外有人高声喊叫他的名字，他大声答应着。他想起石供桌上的锣，摸到，却怎么也找不到锣槌。

嘈嘈杂杂的人声进入了松林，灯笼、火把、手电筒的光芒移动到林间，把月亮的光芒逼退了。

来人很多。他认出了燕燕的老娘、燕燕的哑巴哥哥和自己的妹妹杨花。还认出了身背弓箭的铁山老爷爷和七八个村里的精壮小伙子。他们有的持着长竿，有的扛着鸟枪，有的抱着扇鸟网。还有一位身穿橄榄绿制服、腰扎皮带、握着公安手枪的英俊青年。他认出英俊青年是乡公安派出所的警察。

铁山老爷爷见他鼻青脸肿，问道："怎么弄的？"

他说："没怎么弄的。"

燕燕的娘大声叫着："她在哪里？"

有人把手电的光柱射上树梢，照住了她的脸。下边的人听到树梢上哗啦啦一阵响，看到一个灰暗的大影子无声无息地滑行到另一棵松树上去了。

燕燕的娘恼怒地骂起来："杂种们，你们一定是合伙把俺闺女暗害了，然后编排谎言糊弄我们孤儿寡母。俺闺女是个人，怎么能像夜猫子一样飞来飞去？"

铁山老爷爷说："老嫂子，您先别着急，这事儿如不是亲眼看见，谁也不会相信。我问您，这闺女在家里时，可曾拜过师？学过艺？结交过巫婆、神汉？"

燕燕的娘说："俺闺女既没拜过师，也没学过艺，更没结交过巫婆神汉，我眼盯着她长大，她自小安守本分，左邻右舍谁不夸？怎么好好个孩子，到你们家一天，就变成老鹰上了树？不把话说明白，我不能算完。不交还我燕燕，我也不会放掉杨花。"

警察说："大娘，先别吵，您注意看树上。"

警察举起手电筒，瞄准树上的暗影，突然推上电门，一道雪亮的光柱正射在燕燕的脸上。她挥舞手臂，飞起来，滑行到另外的树梢上去了。

警察问："大娘，看清了吗？"

燕燕的娘说："看清了。"

"是您的女儿吗？"

"是我的女儿。"

警察说："大娘，我们不想动武，闺女最听娘的话，还是您把她唤下来吧。"

这时候，燕燕的哑巴哥哥兴奋地嗷嗷乱叫，双手比画着，好像在模仿他妹妹的飞行动作。

燕燕的娘哭着说："不知道前世造了什么孽，别人碰不上的事都叫我碰上了。"

警察说："大娘，先别忙着哭，把闺女唤下来要紧。"

"这闺女自小性子倔，只怕我也叫不动她。"燕燕的娘为难地说。

警察说："大娘，您就别谦虚了，快叫吧。"

燕燕的娘挪动着小脚，走到梢上栖着女儿的那株松树下，仰起脸，哭着说："燕燕，好孩子，听娘的话，下来吧……娘知道你心里委屈，但这是没有法子的事……你要是不下来，咱也留不住杨花，那样的话，咱这家子人就算完了……"

老太太放声大哭起来，一边哭，一边把脑袋往树干上撞着，树梢上传下来绰缭之声，好像鸟儿在摩擦羽毛。

警察说："继续，继续。"

哑巴挥动手臂，对着树梢上的妹妹吼叫。

洪喜大喊："燕燕，你还是个人吗？你要有一点点人味，就该下来！"

杨花哭着说："嫂子，下来吧，咱姐妹俩是一样的苦命人……俺哥再难看，还能说话，可你哥……姐姐，下来吧，认命吧……"

燕燕从树梢上飞起，在人们头上转着圈滑翔。一阵阵的凉露下落，好像她洒下的泪水。

"都闪开，都闪开，让她落下来。"铁山爷爷大声说。

人们纷纷退后，只留下老太太和杨花在中央。

但事情并不像铁山老爷爷想象的那样。燕燕滑翔良久，最终还是落在树梢上。

眼见着月亮偏西，已是后半夜，人们又困又倦又冷。警察说："只好来硬的了。"

铁山老爷爷说："我担心她受惊飞出树林，今夜捉不住，以后就更难捉了。"

警察说："据我观察，她还不具备长距离飞行的能力，飞出树林，会更容易捕捉。"

铁山老爷爷说："只怕她娘家人不依。"

警察说："我来处理吧。"

警察走上前去，吩咐几个小伙子把哑巴和老太太领到树林子外边。老太太哭痴了，丝毫不反抗，哑巴嗷嗷叫，警察举起手枪在他面前晃晃，他也乖乖地走了。树林里只余下警察、铁山老爷爷、洪喜，和一个持棍棒、一个持扇鸟网的小伙子。

警察说："枪声惊扰百姓，不好，还是用弓箭射。"

铁山老爷爷说："我老眼昏花，看不清楚，万一伤了她的要害处，就不好了，还是由洪喜来射。"

　　他把那张用大竹弯成的弓递给洪喜，又递给他一支尾扎羽毛的利箭。

　　洪喜接过弓箭，沉思片刻，忽然醒悟般地说："我不射，我不能射，我不愿射。她是我的老婆吗？她是我老婆。"

　　铁山老爷爷说："洪喜，你好糊涂呀，抱在怀里才是你老婆，坐在树上的是一只怪鸟。"

　　警察说："你们这些人，黏黏糊糊的，什么也干不成！把弓箭给我。"

　　他把枪插在腰里，接过弓箭，左手拉弓，右手扣弦，瞄着树梢上的影子，脱手放了一箭。只听得噗哧一声响，显然是箭镞钻入皮肉的声音。树梢上一阵骚动，他们看到燕燕腹部带着箭飞起在月色中，沉甸甸地砸在近处一棵矮松上。她的身体分明失去了平衡。警察又搭上一支箭，瞄着横陈在矮松上的燕燕，喊一声："下来！"声音出口，利箭脱弦，树梢上一声惨叫，燕燕头重脚轻，倒栽下来。

　　洪喜哭着骂起来："操你妈，你把我老婆射死了……"

躲在松林外的人打着灯笼火把围上来，一齐焦急地问："射死了没有？她身上是不是生出了羽毛？"

铁山老爷爷一言不发，拎起一桶狗血，浇在燕燕身上。

（一九九一年）

**图书在版编目(CIP)数据**

神嫖/莫言著.—杭州：浙江文艺出版社,2019.4(2025.1重印)
ISBN 978 - 7 - 5339 - 5560 - 1

Ⅰ.①神… Ⅱ.①莫… Ⅲ.①短篇小说–小说集–中国–当代 Ⅳ.①I247.7

中国版本图书馆 CIP 数据核字(2019)第 002497 号


策划统筹　曹元勇
责任编辑　李　灿
封面设计　人马艺术设计·储平
责任印制　吴春娟


**神嫖**
莫言　著

出版　**浙江文艺出版社**
地址　杭州市环城北路 177 号　邮编：310003
网址　www.zjwycbs.cn
经销　浙江省新华书店集团有限公司
印刷　上海中华商务联合印刷有限公司
开本　787 毫米×1092 毫米　1/32
字数　121 千
印张　7.5
插页　4
版次　2019 年 4 月第 1 版　2025 年 1 月第 8 次印刷
书号　ISBN 978 - 7 - 5339 - 5560 - 1
定价　42.00 元